"海岸线"美文典藏

纯粹飞翔

哈雷 著

海峡出版发行集团
海峡文艺出版社

简单的成熟

孙绍振

哈雷在 20 世纪 70 年代末读中文系的时候，就是一个不算小的诗人。他那些句子挺长、挺整齐的诗作，给我留下的是浪漫热情、文采飞扬的记忆。从外表来看，当年的他，稚嫩掩盖了风流倜傥，在许多执着于诗的学生中不算太张扬的。后来去了闽东，经过一番基层锻炼，还扯起了闽东青年诗歌协会的旗子，办了一本颇为像样的诗刊《三角帆》，突然作为省里的青年诗人出现在我面前。从那时起他的诗作有了令人瞠目的进步。他貌似温和，善于和不同的人打交道，似乎不像陈希我那样雄心万丈，做人处事老是磕磕碰碰地闯祸，但他们在一点上是相同的，就是追求一种惊人的东西——找寻自己的不同凡俗的语言。他的诗中常常冒出来一些不拘一格的、只有他才敢讲出来的话语，迸发出对于自我内心深层的隐秘的冲击，如"一整个秋天我什么都没有做，除了爱你"。还有一些带有格言意味的诗句，带一点叛逆，如常常被提起的"女人是个好东西"等。这些都是在 20 世纪 80 年代的事了。那时作为一个开始有了自己语言的诗人，在福建，他似乎没有受到充分的注意。也许是因为在这块土地上，诗人太多了，要不了几年，就会批量生产出一些把生命奉给诗的新人。在他之前，早有舒婷和三明的范方，在他之后，又有福州的伊路、漳州的安琪，闽东则是批量地产生了汤养宗、刘伟雄、谢宜兴和叶玉琳，先后都有了一定的影响。他的诗歌没有受到足够的重视，我感到不平，有时还为他可能被淹没而忧虑。经过一段时间的观察，终于悟出了一点：他的被忽视，不怪天，不怪地，主要怪他自己。和他年纪差不多的诗人，除了写诗以外，什么文学形式都不沾，而他却对诗歌三心二意，常常把很大一部分精力放到了散文和报告文学上。对于他来说，写诗是非常个人化的行为，只为自己的心灵写诗，很少炒作自己，更不像有些诗人拿着一些作品到处找关系发表，请评论家评论。他在出版的一本诗集的"后记"里写道："写诗并不意味着什么，对于我只是想验证一下自己操纵语言方面的能力。"也许，这也并不能全怪他，这是他的工作需要。离开了《福建文学》以后，他先后在报纸和杂志工作，还成为独当一面的小头头。在这样的工作岗位上，诗歌如果不是"票房毒药"，至少也是没有实用价值的。但是，对于投身散文来说，他早年的诗歌修养，却可以说是良好的审美修养基础。

　　他的这本散文集，显然，风格相当丰富。南帆说他的"散文常常竭力维持一个纯真的角落。这些散文短小、精致、优雅；一片往事的记忆、一则感悟、一个意境，如此等等。春之蝶舞，秋之静美，一枕清霜，飘零的雨，品茶之心，纯粹阅读，山中寂寞"。但是，南帆看出了他的矛盾：一方面是，"红尘滚滚，世态百象，一大批泼辣生猛、烟火气十足的散文应运而生：嬉笑怒骂，皆成文章，铜头铁臂，百无禁忌"，另一方面，则是"清朗透剔，宛若处子，甚至含有某种羞涩的品质。这与那个活络开朗、世故通达的哈雷形成了一个奇特的对照"。在我看来，所谓文如其人，是不够慎重的一种说法。就哈雷而言，在我眼前的，就有好几个，在诗里，是一个，在散文里，就不止一个。当然，哈雷的散文不管有多少变幻，但是，万变不离其宗，保持稳定的，却是浪漫和智慧，还有那日趋成熟的心境。就是那些智性成分比较重的散文，也流露出接近于诗性的审美的意味。这样，他就进入了一种在热闹中坚持宁静致远的境界：

在圣诞和新年的狂欢中，纠缠有多少商业和欲望的抒情。酒吧茶肆，迪厅餐馆，人们呼朋引伴出没在灯红酒绿间，享受隆冬的浮华盛宴，这种峻急激烈的岁末情怀让我感觉到像是夕阳斜晖下林中鸦鹊的聒噪。于是，今年我推却了圣诞大餐的邀约，选择和一位挚友到城边一间不起眼的日式餐馆，点一小壶清酒，一盘生鱼片，将自己隐入这清静淡雅的小酒居里。

突然觉得这种选择真好，即便是个重要的节日，简单面对却带给我别有一番滋味在心头的感觉。我的人生节奏好像在这里突然停顿了一下，有了些许顿挫的恍惚。

这种感觉让我十分惬意。

原来幸福就这么简单，不需要华贵的物品、尊崇的待遇、精美的言辞；只要和喜欢的人在一起，简约去许多无谓的应酬，放下繁杂的心情，摆脱苦恼的事务，心中变得清爽宁静起来，许多感悟就会在这时油然升起。这让我对简单面对的内涵有了更深刻的认识。

原来幸福就这么简单！他的诗的形而上的内审能力，他的散文的形而下的描绘，在这里，不着痕迹地水乳交融。他能够在最不浪漫的世俗尘嚣之中，享受一种简单的幸福，这与其说是以他的才气取胜，不如说他的心气取胜。正是这种心气，成了他的诗意智慧的资本，开创了一个新的散文疆域——心境散文。

浪漫主义的抒情纲领被华兹华斯总结为"强烈的感情自然流泻"，但是，哈雷却把强烈的感情变成了宁静的感情，把豪华的感情变成了简单的感情。在这方面，他写大自然气象的《春之蝶舞》《一枕清霜》《江南秋浅》等可以作为代表。我有时为他担心，他是不是对自然现象过分关注，老是写那些人们的感觉已经起了茧的大自然景观，这是很冒险的，稍不留心，就会给人以矫情、滥情，甚至艺术上腐朽之感。然而，他的文章的生命，就在于他所写的，不是从经典文本中因袭来的诗意。他的诗意，出于他自己现代城市生活的探索性体验和智慧，有一种情智交织的特点。他的散文，写法堪称多样，但是主题只有一个，就是对他在现代城市中忙碌的、压力重重的、世俗应酬的感觉做出新的阐释。在《城市的名片》一文里，对福州这座城市个性做了诸多排查分析后，获得了这样的感悟：

> 世事变化之间，谁能以一颗宁静从容的心去看世界，不以贫富论贵贱，不以名利定高低，不在红尘的奔波中玷污自己一颗清澈自在的心，不被欲望拖累了前进的脚步，不为浮华迷惑前面的路径，就能激发起心底的快乐和灵魂的自在。一座堪称伟大的城市，一定要有高贵的心灵和包容的胸怀，也要有每个公民的责任感和进取心去呵护她，维护她的荣耀。城市公民善待自己，宽容他人，摈除刻薄和粗鄙，追求内心的自由自在坦然自若，就会让他生存的这座城市因为流淌着这种清新的气息而生动起来。

看他的散文，不能不佩服他居然能从那种大小宴会、三教九流、名车与豪宅的世俗奔波中超脱出来，凝成一种宁静的心态，在宁静中深思。正是宁静和沉思，使得他轻而易举地把那种几乎是与诗意对抗的喧嚣，转化为一种城市人生的情思。这当然是很艰巨的。首先，散文的诗意和诗歌的诗意，是两种不同的血型。把散文笼统地诗化，是杨朔时期就犯下的弥天大错。其次，传统的诗意，隐含着农业社会的价值，而他要表现的却是工业社会的诗意。他的努力恰恰是不承认城市生活就只能是散文。把散文的诗意和诗歌的诗意，把古典的诗意和现代的散文，做出果断的切割，是容易的，但是，如果事情做得太过绝对，可能导致哈雷失去诗歌积累的优势。哈雷毕竟是个聪明孩子，他致力于把传统诗意充分散文化、城市化。我们在《江南秋浅》中，看到了哈雷式的话语创造性——被古典诗文表现得登峰造极的秋的诗意，在他笔下，发生了时代的变异；大自然的风光已经高度凝练，仅仅作为一种情感和智慧的基础，而情结却是现代化了的人才可能有的。于是，就产生了这样的句子：

> 秋天是一个收获的季节，更是一个历经磨难、浮华淡定的季节。

这就接触到哈雷式的内心特点了，这既是历经磨难，又是把浮华加以淡化的年纪。把"历经磨难"当成"收获"，正是因为收获，才使浮华得以淡定，从语言上来说，这是对习以为常的诗语固定的内涵加以变异的功夫，这是哈雷式的机智，然而又是哈雷式的趣味。

> 当我们解读秋天时，不应该只看到季节的衰老，还应该看到季节的丰美。而这种丰美，是季节长大后理性的面孔，是金子般的思索。

这种金子似的思索，一言以蔽之，就是不为得失激动的心情。这是一种成熟的人生境界，成熟就在于，他不再任情感奔放，而把智性看得更有价值。当然，在追求散文的智性方面，不要说在全中国，就是在福建，他也算不上最前沿的。南帆、萧春雷、朱以撒早已走在了前面，就是和他同年纪的陈震，也在以苦吟派的姿态营造着自己的智慧的官殿。但是陈震的重点在历史文化典藏之中，而他却不想为了艺术活得像陈震那样痛苦。他每天阅读着的是一本更大的典藏，那就是他得心应手地与之周旋的生活，他就在眼花缭乱、瞬息而逝的生活中，漫不经心地感受幸福，苦心孤诣地抓住思索的果实。尽管拿起笔来多么不轻松，但是，他喜欢活得开心，就在这种开心中，透露出他的浪漫。这种浪漫首先就表现在他对生活的不加挑剔的热情，不管多么平淡甚至沉重的生活，他都能从中感悟到深邃的情趣。他在《季节怀想》里说道，"认为人活一生是无可怀疑的存在，没有比自由的生命更优先的。一世的英明不如一时的痛快！人之所以活着，是为了追求一种天高地厚的幸福。"在《春之蝶舞》中，那个哲人故事启示我们，人生免不了要有工作、爱情、友谊，这些东西又免不了要成为重负，这是无法摆脱的，因为他是一个男人，但是，他又不是一个普通的男人，他是一个会生活得美好的聪明男人："沉重的是生活的过程，不是生活的本质。"这其实说的是人对生活的责任，责任是一种负累，但又是一种快乐。"快乐才是硬道理"——只有他才敢于这么大胆地对社会流行语义进行颠覆。正是因为这样，他才写出《从容面对》《天真面对》《平常自然心》这样的心境晴朗的文字，最后进入"简单面对"的境界。不管什么事情，只要简单面对，就能化苦为乐。这就是他的聪明之处。他的聪明再加上他青年时代练就的一手文采风流，使得他的浪漫的宁静，宁静的沉思，给人一种成熟而富有华彩的感觉。事物有时就是这样辩证地转化：越是简单越能体现华贵，越是从容越是通达成熟。所以我说，哈雷在这里显示出来的聪明，不是小聪明，至少可以说，他的聪明是大大的。

当然，心境决定命运，有了这种淡品人生的心境，"恬淡寡欲，不逐奢华，灵明之心永远保持干净与平静"，人生也许就会更加快乐一些！

这是我所期待的，也是这本散文集将带给读者更多心灵的启示和回应之所在。

目 录

第二辑

第三辑

第四辑

附录

后记

第一辑

阅读可以让你在自在的天地间自由徜徉——那是只属于你的天空，从目览书行那一刻起，心也轻轻落在纸上，轻缓地舒展开来。那个时刻，希望自己能够暂时从杂芜繁忙的人生舞台上所扮演的角色中退出来，世界遗忘了你，你也遗忘了世界，只留下你同你自己的心灵，像一对深爱的恋人做默默的交流。

春 之 蝶 舞

蝴蝶是春之精灵。

一到青草返绿、鲜花吐蕊的季节，就会看到它自由自在，翩翩起舞，翻飞在草丛里、溪流上、花朵间，游玩、采蜜，给春景增添灵动的色彩，给冬寂以来寻常乏味的生活平添几许浪漫、几许飘逸。

有蝴蝶飞舞的地方，一定是空气清新，风和景明，鸟语花香。

传世名曲《化蝶》和近来流行的一首歌《两只蝴蝶》，都用蝴蝶来寄寓美好的爱情理想。蝴蝶也是自然界中坚贞不渝的品质的象征。

然而，人在羡慕着蝴蝶的美丽、自由、快乐与悠闲时，有谁能领悟到化蝶前千辛万苦的蜕变过程呢？据专家说，蝴蝶的蜕变过程至少要历经三个重要的生死关头：卵、虫、蝶。由卵变成虫，由虫变成蝶。这每一过程都要经受得住来自内在与外在的双重考验。生命力弱的，自然完不成蜕变过程；生命力强的，才能经得起风雨的侵袭、吹打。即便这样，也不是每一个生命力强的卵，都能顺利地成长为虫，直至最终变成美丽的蝶的。不少的卵在变成虫以后，就慢慢地为自己结成一个茧儿。为了安全，为了舒适，它会把茧结得越来越厚，也就把自己缠得越来越紧。陶醉于自己建立的褓褓，不知不觉地忘记自己生来的使命——破茧而出，飞向高空、飞向遥远。这其中，只有百分之一的虫，才会完成与生俱来的使命，有能力冲破束缚，破茧而出，从而让自己的身体发生根本性的质的变化：让自己不再丑陋，不再爬行，一下子飞翔起来，成为大自然中一道美丽的风景。

自诩为主宰万物的高贵的人要想让自己变得美丽，活得快乐，也逃不脱这个自然规律：由一只"毛毛虫"蜕变成美丽的"蝴蝶"。但人的成长比起蝴蝶的蜕变来，更要复杂得多。蝴蝶的一生要过三关，而我们的一生却要过无数个这样的关：文凭、家庭、金钱、地位、色欲……我们的一生中也会由此而结出各种各样的"茧"。我们也会陶醉于自己打造的"襁褓"里，忘记了自己的责任和使命，不愿意做痛苦的抉择，丧失了冲破束缚的决心和能力。虽然我们总在渴望着此生能"翩翩起舞"，可实际上我们却多半都是在爬行的阶段，庸庸碌碌而了此一生的。

蝶的蜕变不是为了解脱，而是肩负使命，获得新生，登临境界。

最近在一本书上看到这么一个故事：有一个人觉得生活很沉重，便去见哲人，寻求解脱之法。哲人给他一个篓子背在身上，指着一条沙砾路说："你每走一步就捡一块石头放进去，我在另一头等你。"过了一会儿，那人走到了尽头。哲人问他有什么感觉，那人说："越来越沉重。"哲人说："是啊，当我们来到这个世界上时，我们每个人都背着一个空篓子，然而每走一步都要从这个世界上捡一样东西放进去。"那人问："可以减轻一点吗？"哲人反问道："这里有家庭、工作、爱情、友谊，那么你要拿掉哪一样呢？"那人无语。

是啊！沉重的是生活的过程，不是生活的本质。我们之所以要去背负这些，就是要寻找突破"茧"的快乐。

今天该是腊月十二了，因为寒流的侵袭，人们还都裹着厚厚的衣服。早晨起来到阳光城小区庭院里散步，看到树和花草都还挂着晶莹的露珠。水雾朦胧中，突然脚边上的草丛里惊起蝴蝶数只，浴水轻飞，翩然追逐，在树的枝叶上环绕盘旋，像一朵朵飞舞的报春花，散发着飘香逸芳的生命的气息。

思想的春天

　　春天，一个躁动、生长和希望的季节，一个葳蕤、飘逸和动感的季节，如期而至。和万物一起萌生起来的还有思想。这个冬季，我困扰于井喷事件、宝马车撞人案，还有"非典"病毒企图卷土重来等各种幽暗的新闻信息中，内心潮湿而且冰冷。亟待着推开春的窗棂，让和煦的风拂面而来，让心到阳光下尽情曝晒。

　　如果心情是疾驰的列车，那么思想就是呼啸的车头。

　　春天的思想是明朗的，欢快的，前进的。它像山涧刚融化的溪流，清澈而激越；它像初露出云层的太阳，柔和又鲜明；它更像我们手中放飞的鸽子，带着向往和祝福奔向蔚蓝的天空。

　　春天的思想是迷人的，灵动的，健康的。玫瑰是泥土的微笑，芬芳而美丽；春雨是上天的丝语，缠绵又温婉；鸟雀是山林的乐师，唱响自然天籁间余韵悠扬的颂曲。

　　曾经看到这么一个故事：有两个中国台湾观光团到日本伊豆半岛旅游，路况很坏，到处都是坑洞。其中一位导游连声抱怨，说路面简直像麻子一样。而另一个导游却诗意盎然地对游客说，诸位先生女士，我们现在走的这条道路，正是伊豆赫赫有名的酒窝大道。虽是同样的情况，然而不同的意念，就会产生不同的态度。如果你把自己的想象发挥到淋漓尽致，你甚至可以闻到旷野的清香，眼前似会呈现出一大片开满鲜花的草坪和高低起伏的丘陵，你根本就不会为道路的颠

5

簸而郁郁不乐。思想何等奇妙，怎么去想，决定权在你。

给自己一个好心情，让思想找回春天，是我作为一个平凡的人时时应该追寻的理想。最近有篇文章发表在权威杂志上，说的是无事深忧，有事则不惧的道理，在我看来，那应属于"肉食者谋之"的道理，平民百姓原本就烦何以堪，难得有几天的安平高兴的事，为什么还要让思想胀裂，将生活挤兑得更加困窘？我们回家，我们刚过好年，一年的辛苦都积蓄到这几天的天伦之乐中，轻轻松松地过上这几天，开开心心地踏上打工的征途，看见阳光就微笑，看见花朵就歌唱，让思想的引擎牵引着快乐的心情奔驰在新的一年的轨道上。要知道，我们今年的收获，就取之于生命之树在春天的萌芽。

告别冬天，告别郁闷，也该告别诸多梦魇般的"事件"。在春天，心灵和自然能融洽地相约在一起，步履和目标能够画出最近的一条线，思想和心境能够有力地嵌合在一块，没有什么会比这些更让我们感动的了！生命的丰满，不在于你拥有了多少财富，而在于能为自己的心灵挪出多大个空间来；生活的品位，亦不在于你处之高屋华堂，而在于你思想的宁静与超拔。

红金龙的产品广告词曰："思想有多远，我们就能走多远。"

我的广告词是：无论你走多远，别忘了带上愉快的思想同行！

秋 之 静 美

四季回转，我独恋秋天。

秋空无节制地湛蓝，云白风清；重峦叠嶂的碧远，逶迤净朗。你只要在郊外伫立片刻，心情就会变得格外透明和干净。

秋圆无度。秋韵无边。秋声无忌。秋水无痕。进入秋天心旷神怡的季节，天空高蓝明净，阳光流淌在脸上，一会儿就变成了笑颜；风儿在身上吹着，不知不觉中你像长了翅膀，想要飞；走在路上脚步也轻快了许多，心情也亮堂了许多。我真不明白，古人谈秋总是悲凉的、萧瑟的、凄楚的，如刘禹锡"自古逢秋悲寂寥"的诗句，就因为它用阵阵逼人的冷风刮去了夏日阳光灿灿的暖意，以阴霾的天气、肃杀的风雨预示着冰天雪地即将降临？但是，在我看来秋不是冬的门户，它是四季中最圆满的季节，它是四季中的句号。果实在这时圆了，菊花在这时圆了，月儿在这时圆了，蟹螯在这时圆了，思想也会在这时圆满起来——那些最美好的、最芬芳的、最有价值的东西才能走进秋天，就连爱情也会在秋天酿出圆融迷人的美酒。农谚说：天爷过立秋，田夫一把两把往家揪；处暑找黍；七月枣，八月梨，九月柿子红了皮。所以秋天更是劳动者收获的季节。当你走进金灿灿的田野，手舞镰刀，收割一年的劳动的成果和一家的希望，过往的辛劳和苦涩都随风而逝，汗水和喜悦在你的额头上映照出晶莹的圆满。

福州是个不会悲情的城市，连秋天也来得慢。快要中秋了，路上行色匆匆的女孩还没换下短裙。我从来都没体会到"桂雨微寒乍到，丹叶挽风斜摇，今岁秋光早"的意境。今年与秋的相约，因为几次的台风雨，感觉比往常早了点，节省的人家已经不开空调了，但还是摇着蒲扇吃月饼，在厦门还有人赤着膀子搏饼。南方的秋被夏的欲望拖曳着，那些许的浮躁气久久没有散去。我总是在夏天到来时就期待着秋天，期待秋风如歌的洗刷，期待月华的沐浴涤尽我心灵的浊气，寻找季节的成熟与静美。

小时候在农村我最爱过中秋节，赏月、吃月饼、烤豆荚、坐轳辘车，特别有农家情趣。"红烛高香供月华，如磐月饼配南瓜；虽然惯吃红绫饼，却爱神前素夹沙。"这是江南中秋节"供月华"的一首诗。直到今天，节日来临，不管各种奢华的月饼花样如何翻新，我还是独独钟情于豆沙馅的月饼，那夹杂一点桂花香的豆沙饼更是美味，现在回想还让我口舌生津。品饼让我对"秋"有更多的一种理解。懂得了品味，明白了欣赏，了悟了生活特有的内涵，习以为常的生活已不再如你想象中的单调乏味、冷漠无情。生活是个百味箱，让人觉得苦涩，让人饱经风霜，百受折磨，却要心甘如饴地去感受；那些没有毅力，望难生畏的人会被眼前的困苦吓倒；然而，坚持不懈、勇往直前的人则会发现生活的真谛，仔细用心去品味生活的美好，对于生活，更增添一份坚信与执着。真理朴实而简单，享受人生首先要去付出，在自己的土地上诚实劳动。否则，遇到秋风，你也只能成为瑟瑟发抖、呻吟哀鸣的枯枝败叶了。

秋，冷寂而高远，圆熟而丰满，清澈而静美。她有着诗人一般多愁善感的气质，有着少妇一般绰约迷人的风韵，又有着哲人一样儒雅潇洒的气度。在这个季节你不需要满世界争奇斗艳，去疯长拔节；你可以为自己留一份恬静淡泊，垂下心灵的头颅去打量金色的图景，去倾听自然的声音。

一 枕 清 霜

秋天的一半是收获，另一半是凋零，当我轻轻揭下 11 月最后一张的日历，赏秋的心绪也随着树叶片片飘落了。

《诗经·蒹葭》里有名句："蒹葭苍苍，白露为霜。"说的是当河岸边的芦苇变成暗青色时，露水也因气温骤降而凝结为霜花。在江南，也许让人伤感的季节才刚刚开始，霜来的时候，空阔的大地就蒙上一层白茫茫的凄清。到了夜晚，玉兔西沉，霜华越来越重了，月色也特别高冷悲凉，找不回初秋夜里如盘明月下淡然惬意的闲适。元代王实甫《西厢记》在送别的唱词中写道："碧云天，黄花地，西风紧，北雁南飞。晓来谁染霜林醉？总是离人泪。"《西厢记》的故事发生在山西永济，秋霜秋景所映衬下的别恨离愁牵人肺腑。少年时我生活在高寒山区周宁县，我是背着父母一口气读完这本"禁书"的，里面的情节大都不记得了，而这段句子还耳熟能详脱口能诵。

我虽喜欢独坐秋天，但心里吟诵的还是关于霜的诗句。如曹操的儿子曹丕的《燕歌行》："秋风萧瑟天气凉，草木摇落露为霜。群燕辞归鹄南翔，念君客游思断肠。"唐代诗人李商隐题名《霜月》的诗："初闻征雁已无蝉，百尺楼高水接天。青女素娥俱耐冷，月中霜里斗婵娟。"北宋的范仲淹曾守卫西北边防，驻地在今陕西省延安市，他也有一首《渔家傲》的词："塞下秋来风景异，衡阳雁去无留意……羌管悠悠霜满地，人不寐，将军白发征夫泪。"这些，都让我油然生出一种沁人心脾的对岁月的怜爱与怀想。怜香惜玉是审美的至高境界之一，秋末冬初从灿烂走向萧瑟更易引发人们心底的感悟，在这个季节里你可以品味一枕清霜的独特意境。

相对于春的艳丽、夏的葳蕤，秋是平和，冬显清寂。在《周易》中春夏为阳，秋冬为阴，阳为动，阴为静。阳极回阴，动极生静。"床前明月光，疑是地上霜。举头望明月，低头思故乡。"李白的这首《静夜思》，是季节美学中最好地诠释了"霜"和"静"之间的内在联系的作品。但诗意之美，又不仅仅局限在文学欣赏或审美的层面，从哲学的意义说，"静夜"之"思"带给我们的是建立在"静"的意境之上的对"静"的价值的深层理解和追寻。"静"在中国哲学中是与"阴"分不开的。而纯阴也就是坤卦。坤卦按季节已在十月深秋，时已寒气逼人，李白夜半醒来，兴许就是被冻醒的，所以蒙眬之中将月光误认成了秋霜。从农时来看，农历十月属于秋收冬藏之际。在黄河中下游地区广袤的田野上，繁忙的秋收季节早已过去，萧瑟秋风之中已少有人迹，"冬藏"不仅仅意味着人们来年的粮食储备，也包含着沉潜内敛和休养生息。

人生在世，又无不是以"动"为特征的，很难摆脱俗世的黏滞，虚华的浮躁，贪婪的蛊惑。那如何才能守静呢？老子提出的基本主张，就是"不（无）欲以静"。人是趋利性的高等动物，"天下熙熙皆为利来，天下攘攘皆为利往"，在伦理学上也就叫作欲望。因此，如果人去除了欲望，完全顺从自然，便会回归到本始之静的状态。"出淤泥而不染""濯清涟而不妖""亭亭净植"的莲花的品格，可以说正是静、净的合一。染污的尘世追逐的是利欲，故去欲既是净也是静。而静则利于思，很多哲人的奇思妙想就产生于霜寒时节。毛泽东就有许多关于霜的经典名句，如："万类霜天竞自由""万木霜天红烂漫""长空雁叫霜晨月""寥廓江天万里霜"等。

一枕清霜是一种态度，更是一种精神，但要成为一种品格，还要更多的修炼。虚静无为，从容自得，和乐无忧，顺应自然，才能达到"心随朗月高，志与秋霜洁"的超拔和清澈的境界。

纯 粹 阅 读

有一种纯粹叫阅读。

寂静之相，视为一种美丽。阅读可以让你在自在的天地间自由徜徉——那是只属于你的天空，从目览书行那一刻起，心也轻轻落在纸上，轻缓地舒展开来。那个时刻，希望自己能够暂时从杂芜繁忙的人生舞台上所扮演的角色中退出来，世界遗忘了你，你也遗忘了世界，只留下你同你自己的心灵，像一对深爱的恋人作默默的交流。

世俗之心需要清，需要静，需要修，也需要悟，阅读使你心境之湖得以片刻的平息。阅读的心是寂寞的，梁实秋说："寂寞也是一种清福。"阅读使我们忘了时间的流逝，沉浸在书籍的精美词句中，仿佛生活在别处，心灵更加超脱。阅读的心是开阔的，人生许多困惑，许多悖论，许多一时说不清道不明、左右为难、进退失据之处——即人心幽暗之时，会一下子敞开许多的明白来。阅读的心又是深邃悠远的，阅读带来的纷扬的思绪如天马行空，抚慰你的焦虑，缓解你的压力，启迪你的智慧。纯粹的阅读归根结底是通向理性，通向光明，通向真知，同时也能通向快乐，通向精神家园的一条通途。

腹有诗书气自华，对女人来说，阅读比美容更重要。在灯红酒绿中去争奇斗艳，不如在静静的阅读中滋润心灵。"书中自有颜如玉"，在书中咀嚼文字、品味生活，不经意中会由内而外地淡出一份美丽和高贵来。知书达理的女人，如和睦之风惠及家人，给生活吹去一缕缕儒雅之气，给爱人以绵绵不尽的柔情，有如送人玫瑰，留香在手；慧外秀中的女人，才善于理性地思考，能够充满自信地把握自己的人生，纵然孤身漫步，也能够品味孤寂、净化心灵，亦像是经霜红梅，散发出凄美的魅力；冰雪聪明的女人，才有善解人意的修养和高尚的生活情趣，即便容颜老去，举手投足之间依然会流露出清雅高贵的气质，如同脱俗圣洁的莲花，摇曳着恬静迷人的风姿，散发出沁人心脾的气息。

读书千古事，得失寸心知。阅读这种人类最古老的形式，它承载的不仅是一种娱乐的东西，更蕴含智慧、思维、文化。面对无声的文字，你实质上是同自己在对话。我特别喜欢在宁静的雨夜里阅读，就像喜欢在雨夜里独自开车一样，于雨意朦胧之中拨开一线的光亮，找出你自己的道路来。也喜欢"闲来无事乱翻书"，一本好书固然使你获益，然而一本浅显的书，也足以给你一个同自己内心交流的机会，只要能够静下心来读它，你就能慢慢地在思索中获取心得。真正的阅读是同读者自身的思绪一同展开的，它必须是纯粹的，安详宁静，心无旁骛才能拾得个中体会。在我的经验中，很难能够在焦虑嘈杂的背景音乐及炫目的画面环境中做深刻的思考。当今阅读群体的减退只能代表着人们思维的表面化或退化，人们越来越钟情于快餐类的东西，因为他们不用思考也不愿承受思考的负担，这就如同许多青年中流行的对于爱情的娱乐主义，不愿付出太多真心，自然也就感受不到刻骨铭心的爱情滋味。

盛唐雄风拂过欧亚大陆之时，汉文的深厚曾一代一代地迷醉了多少人。我坐在昏黄的灯下，遥想着仓颉造字时的神圣肃穆，心海一阵阵泛起自豪的涟漪。而今越来越多的人已经放弃文字和阅读。当精神越来越苍白，心灵越来越虚浮，文字也似乎变得越来越慵懒，越来越乏味，越来越懒于思考、鱼龙混杂，没有灵光四射的激情，没有圣洁高迈的理想，没有凌空飞翔的诗意，没有笑傲苦难的信念……充斥我们眼球的是声、像及图文并茂的媒体：电视视觉扩张和冲击着我们的闲余时间，网络即时互动、鱼龙混杂的信息海洋淹没了我们每一寸空间，流行音乐在喧嚣和躁动着、挤压着我们的耳膜和心房，阅读文字的空间却越来越狭小了。地球人怎么了，好像再也不需要这份在寂寞中淡品人生的心情。

然而，正如赵鑫珊在《科学·艺术·哲学断想》一书中说到的，在现实社会的人总会有"这样一种强烈的内在需要：在'飘飘何所似，天地一沙鸥'的短暂人生和纷繁杂陈、万物皆变的茫茫宇宙中，他的精神迫切需要找到（或创造）一个固定不变的支撑点以便获得心灵上的平衡，达到神有所系、虑有所定、心有所寄和灵有所托的安稳境界。"人的一生，有多少宝贵的良机本来可以使我们学到和悟到大道大学问，使自己大大地成长升华，而我们又有多少次错过了这样的良机，辜负了这样的天启，与真理、大道、智慧、光明失之交臂。也许，纯粹阅读，可以让我们迷途知返，给心灵找一个安静的归宿。

14

月 满 天 心

斗转星移间，又一个中秋月圆之夜翩然而至。

伫立在天地之间，面对着静静流淌的岁月，面对着繁星衬托下的夜空，面对着一轮皓白的明月，我不禁沉迷于月华光照的此情此景。

一切是这样令人陶醉。静谧的天幕下，江岸发亮的树木，在灯影下荡漾；银色的月光悄悄地洒落在水面上，宁静而又安详；远处清凉的山野，淡墨一抹，如梦如幻般横倚在城市的四周。对月成影，一杯淡酒暖入心肠，一曲蔡琴的老歌，随着微风飘到遥远的地方……

月亮，你以千年不变的容颜、优雅清澈的情怀、静寂苍凉的心境，唤起我对生命无瑕的向往。南方的秋夜温润如水，时值中秋，我依然闻到了默默地、淡淡地、悠悠地开着的桂子蕴含已久的芬芳。这是一个令人怀想的时刻——那满满的月，载着人间多少的期待和祝福，寄托人们几多的洁白美好的理想，高挂着自然最美丽的景象……一切都是这么的赏心悦目，一切都是这么的心旷神怡，一切都是这么的柔美和谐。圆圆的月，那是自然的天姿，是秋令中新娘的脸，是嫦娥偷灵药的心。沉默的山峰，轻渺的云朵，逶迤的水波，都有各自千变万化的曼妙的曲线，唯有秋月今夜的圆，给所有的唯美主义者带来无尽的遐想——完美和谐的团聚情结，天涯共此时的思亲情结，月白风清的审美情结，唐宋诗情的古典情结。难怪古希腊哲人将圆作为美的标本。匀称自足，通融完整，在天穹之下，大地之上，一年中这一

15

刻良辰美景，就观赏她的独角戏，一出场就四壁生华，俊朗清丽，傲视众生，闪出秋天清高飘逸的风格气质，上演着一出悲欢离合的千古绝唱。

月下的故乡最亲。这如银似水的月光一丝丝一缕缕地倾注，故乡的怀念便因此而悠远和绵长。哪怕这时你远隔故乡千里之外，可满是亲情的往事总会随着水银般的中秋之月丝丝缕缕地流进你的梦里。

月下的童年最近。她总是将温润的、含而不露的、魂牵梦萦的青辉揪住了你的记忆，让你不经意间就回到了少时的那条河，那片麦场，看见了儿时喜欢的那只黄毛狗，那块外婆用黍面做的月饼……哪怕你已进入耄耋之年拄着拐杖，也依然会细细地品味过往的人生。

月下的理最白。山峦于朦胧之中妩媚，江水于秋风中低吟，秋虫于温良之中唱和。平和宁静的美学天地，得于道庄的精粹理念，尽在盈盈一轮满月之中……"天地有大美而不言，四时有定法而不议，万物有成理而不说"，可谓月也。

月下的心最清。佛说：静而后滤，滤而后得。万物静观皆自得。伴着一轮清月，静默的幽光下，你那如银的目光——柔情眸子透彻了我的心弦。我可以听到灵魂孤独的声响，我可以触摸到洁白无瑕的梦，我可以感到凉意悄然浮起，安静而内敛，沉淀了我喧噪的情绪，我的思想在宁寂中升华。

月满之时，万众光华到来，我听到了天心纯粹的歌吟。

飘 零 的 雨

那天，从喧闹的市中心移居到水泽边上高高的楼宇，天空飘零起雨来。

天水横流，雨雾弥漫。湿了地，润了物。天空里没有了燕影，路面上也没有了行人。近处雕塑主题公园里的树叶子，像沐浴中的孩子，抖着亮光，在江风的吹拂中，一边摇着手让微风细雨轻抚，一边不停地向上昂着脑袋；江面空蒙浩渺，洋洋洒洒的雨雾播出一片迷茫，偶见船影掠过雨幕，牵出一条水带，逶迤婉丽地向着江下游驶去；远方，城市笼上了轻纱，山如浅黛，淡墨留痕。

烟花二月听春雨——站在自家阳台，自己好像走进了古诗中的意境。

呼吸着江南早春的气息，突然想到久居城里，已经很多年没有在二月里仔细阅读，认真辨析和追寻烟花的方向了。

细雨霏霏，叶绿草长，春花含苞。绵绵云雾徘徊在天空，蒙蒙烟雨笼罩万物生机。烟雨来自早春二月，是个恬静淡雅的女孩。我看见她轻快的脚步掠过林间、草地、花丛、江面，从田野来到公园，从乡村来到城市，流连在我的窗前，面容清新，气息淡甜，鞋面上有着夜露和晨雾的痕迹，有着春风和鲜花的芬芳。我看见她披着金黄色的衣裳迎风飘扬，在江天闪烁游移，不打招呼地侵入，一下就把我江岸的家屋濡湿，把我的灵魂叩亮。我感觉到她水样肌肤的轻抚，捎带着点点丝丝的爱语，温柔细腻、清清凉凉地直达心灵的最深处。

和自然的对话，通过雨的传达，我顿时爱上了金山开发区这片新篁之地。一种久违的深润感动盈满我的眼眶。

很久没有在雨中蹚水了，记得小时候总喜欢追随雨的留痕，去进行恶作剧的游戏。那时的感觉中，山村里的雨很细密，细得像绣花针，下得很文雅，很灵秀，很静谧，丝丝入扣渗入泥土。沉静下来的雨水闲暇地流动着，转过屋角的条石板，漫过深色的天井，夹杂着青翠的菜叶和细碎的草秆，蜿蜒在沟壑间、深塘旁，没过新耕的稻田。一只白鹅翻了个身，抖动着双翅，在雨水的村道上四处觅食。褐色的水流在我家屋子前的地沟里缓缓流动起来。顺着小水道，我们用泥团将细流截住，拦起一段小水坝，并在水坝前挖出个小孔来，水就会在小孔那儿形成一个漩涡，在上游处撒些花瓣或其他小漂流物，经过漩涡处转开来，形成一幅图案。那是一场豪雨过后，思想铺开的写意。积水的地方有两三个荡开的微涟，偶尔还会缀上那么几个淘气的小水泡。村里的孩子们就会分成三五成群地互相打起水战来，用脚惬意地踩击着，一场下来，个个玩成了泥猴子。

传说古埃及的魔法师用一滴墨做镜子，可以映出逝去岁月的景象。生命中的人和事，有时因为季节的某种变化而有了感触，一下子浮现了出来。雨来雨停，细雨如禅。得其所悟时欢喜满怀，要在心底捡起握实细细观照，却一下子停了，再也找不到踪影。雨，来处苍茫，一缘了却，便瞬归于无。雨打春树，一地落花。拈起一朵在手中，细小的，淡粉的，花开如星，如梦。

往事如烟。同样的雨，快乐和心境竟然别样不同。长大了最怕梅雨季节，江南烟雨潮湿、寒冷，没完没了，总让人思绪万千又一筹莫展。可是，今天面对这一江春雨，我却感到了快乐，思绪也如同飘零中的雨，渐东渐西，渐急渐缓，渐近渐远，一切都在迷离缥缈之中。

快乐是一幕飞流的瀑布，是一条临窗奔流的江河，是一道旖旎的雨幕，是一场不期而至的相遇，但一定和雨有关；快乐是心灵枝头欢叫的小鸟，是思想长空飘逸的云朵，是精神田园弥漫的花开，是生命中永不追悔的记忆，但一定和心境有关。在新的居所，因为有了雨，飘零的雨，我的肺叶像吸满了水分的新茶，快乐地舒展，纯净而透明。

2006 年第一场飘零的雨，带着我回到了童年、春天和家的位置。

守望心灵

江水是城市的灵魂。一座美丽的城市，一定会有一条美丽的江河。

"碧利斯"刚走，福州就进入到三伏天里，城市像个"闷骚"的娘们散发着令人窒息的空气。黄昏后，循着风吹来的方向走去，就到了江边。江两岸近年来修建起沿江逶迤的公园，像是玉镶的翡翠飘带，给福州这座城市平添了纳凉消暑的好地方。人潮如织，我独自往静谧处走去，穿过了一片小树林，眼前顿时开朗起来。

台风过后闽江略涨的河水依然平静，江的中心有座枝繁叶茂的小岛，在闪闪烁烁的灯光中朦朦胧胧静卧在江面，像熟睡中的美人。就在这安详宁静的夜里，竟然还有一艘小小的渔船慢慢地、轻轻地滑了过来，船上只有一位渔夫，他毫不在意岸上喧闹的人群，专心致志地收拢着此前撒下的渔网，捕获着生鲜鱼虾，也捕获着全家人明天的口粮和希望。他收网的动作很轻，很慢，像是怕惊跑了网里的鱼似的，就这样在别人休闲时却还辛苦劳作，收获是微不足道的，可在他的脸上却看不到疲惫与痛苦。小船已慢慢离去，渔夫吹着清亮的口哨摇摆着船橹，犁出一串细细的波痕，我心海里也荡起了涟漪。其实在生活中，许多和这一样平常的生活细节都视而不见，可停伫在江边的我，目送远去的渔船，心中不禁有无限的感慨。我们也有苦有乐、有爱有恨，但更多的是对生活的抱怨和不知足，要不得过且过，要不这山望那山高，我们比他富足却比他浮躁，很少静心去体会和守望属于自己的这片天空。就在小船过后河水又归于平静的那一刻，我的心仿佛也归于了平静，在我内心深处似乎已不再为那无谓的俗事而牵挂了……

英国诗人布莱克的一首诗让我印象深刻，他说：一颗沙子就是一个世界，一朵野花就是一个天堂，把美丽握在你手中，永恒就在一瞬间。

这个不知名的渔夫让我想起海明威的圣地亚哥，更让我莫名地想起塞林格的霍尔顿。记得第一次读塞林格的《麦田里的守望者》是在大学一年级，这是一本"心理小说"，写的是美国青年霍尔顿，因考试不及格而被学校开除。他不敢回家，在纽约游荡了三天。整部小说是以自述的形式，道出了他这三天的经历以及心理活动。霍尔顿在城市流浪了三天，他时而和所谓的女朋友约会，时而去和洋洋自得的朋友喝酒，时而又去看望他的老师，住在乱七八糟的旅馆里，经历着乱七八糟的事情……读着作家意识流手法的文字，我看见了一个美国青年苦闷、彷徨的精神世界，感同身受地体会到了他的孤独、迷茫和痛苦……

在这个纸醉金迷、物欲横流的世界里，霍尔顿在十岁的妹妹菲比那里找到了同情、理解和温暖。菲比的纯洁、美好，在这个世界里显得尤其珍贵。她和哥哥之间的故事，也是全书最打动人的章节。

霍尔顿有个理想："有那么一群小孩子，在一大块麦田里做游戏。几千几万个小孩子，附近没有一个人——没有一个大人，我是说——除了我。我呢，就站在那混账的悬崖边。我的职务是在那儿守望，要是有哪个孩子往悬崖边奔来，我就把他捉住——我是说孩子们都在狂奔，也不知道自己是在往哪儿跑，我得从什么地方出来，把他们捉住。我整天就干这样的事。我只想当个麦田里的守望者。"读着这段话，反反复复地体味，慢慢觉得自己也有了这份守望的心境……

我不知道渔夫和霍尔顿有什么关联，但他们都是守望者，一个在江水之中，一个在田野之上，他们都在为自己的心灵守望，孤独而执着！

世上没有不幸的人，只有不幸的心。在这个物欲化的社会，人们愈来愈追求表象化的东西。在很多的时候我们总认为别人的生活比自己好，别人的苦难比自己少；总认为自己的生活有着太多的不尽如人意，总抱怨着自己不是拥有幸福的人。困境并非我们想象的那么可怕，只要不绝望，生活就不会陷于绝境。

我们每个人都是守望者。不管你身居何地，高堂华屋还是布衣人家，都有你心灵的一片静地。我的麦田是一本杂志，当初从报社转来办杂志就是想能做自己可以做的事情。我是一个编辑，现在的编辑队伍里，也并不都是甘当人梯的"灵魂工程师"，他们也在守望，守望着有个好的生活，守望着有一官半职，守望着作者的感恩，守望着社会的回馈……但我守望的是读者的笑容，守望偶有写作的那种冲动，守望着文字带给我的心灵的感受……

盛夏的夜晚，城市缄默无语，唯独江岸边这深情的宁静，宛若是生活呈现给我的丝丝温柔，让我心动不已。天被城市灯火映照得更加发亮，成排的水柳在风中浅唱低吟，让我深切地感到忧伤与欢乐在自己的心里分割得那么清晰。我就是一个始终徘徊在城市与乡村、水与土、入尘与遁世界线中的人，试图向每一个路过的人讲述着关于岁月的故事。原来，再遥远的距离也无法阻挡，夏季里思绪在风中跋扈飞扬。

看见郁金香

三十多年前，我偶然读到大仲马的小说《黑郁金香》，就对小说里的情节和离奇的花卉产生了浓厚的兴趣和极大的联想。第一次见到郁金香是过了十年以后，我大学毕业分配到省城一家文学杂志担任编辑，福州西湖公园举办首届郁金香花展，我才真正地亲眼观赏郁金香的芳容，那时我误以为它是法兰西特有的物种。确实，在花卉世界中它的美独树一帜。

矜持端庄的花姿，花色鲜艳，花茎挺拔，花枝奇绝，花形犹如高脚酒杯，在花的世界里，它被赋予华贵、凯旋、成功的美好寓意和象征。

它叶宽如剑，有 3—5 枚，花单朵，全身上下没有多余的滞物，干净秀丽，美得如人造的艺术品，难怪唐诗《长安古意》中这样描述它的美丽："双燕双飞绕画梁，罗帷翠被郁金香。"

今年三月底，到了荷兰，刚好是郁金香飘香的季节。我在离阿姆斯特丹不远的库肯霍夫公园游览世界上最大的郁金香公园。公园占地 32 公顷，有七百多万朵郁金香在这里竞相开放，构成一幅蔚为壮观的繁茂的图景。荷兰多雨，难得天晴，三月的风掠过欧洲的大陆，还带着很深的寒意，但公园里铺天盖地的郁金香给这个国家平添了阳光般的暖色。我这才感叹：荷兰才是郁金香的王国！

郁金香不仅是荷兰自然的一部分，更是一种文化。有关它的传说不胜枚举，然而一个关于它的由来的说法特别有趣：古代有位美丽的少女住在雄伟的城堡里，有三位勇士同时爱上了她，一个送她皇冠，一个送宝剑，一个送金块。她对谁都看不上，只好向花神祷告。花神深感爱情不能勉强，便将皇冠变花朵，宝剑变绿叶，金块变球根，这样让这位钟情于爱情的少女拥有一朵完美的郁金香。听了这个传说，我想，也许在美的事物面前，权力、暴力、财富真的会被柔化的。

但这只是传说，是人们天真的冀望，其实荷兰人也曾为郁金香疯狂过。

远在 17 世纪，荷兰的一支郁金香花根售价曾达到今天的 76000 美元，比一辆汽车还贵，甚至有人用一座带花园的别墅，换取一个珍贵的品种。郁金香成为财富的象征。1634 年，郁金香的热潮蔓延到了中产阶级，更蔓延为全民运动，炒家买低卖高，家家户户倾一家之产只为买回一朵郁金香。一支郁金香花根 1000 美元，不到一个月，就暴涨到 2 万美元，直至最高点值 76000 美元。到了 1636 年，郁金香在阿姆斯特丹和鹿特丹股市上市，附近欧洲股市也开始交易郁金香，很快就形成了泡沫，再加上土耳其运来的郁金香将大量抵达，一夜之间，郁金香价格急速下跌，6 周内竟然下跌 90％以上，76000 美元跌至 1 美元。于是股市无法交割，最后荷兰政府宣布这一事件为赌博事件，豁免交割，才结束了这一场荒唐的郁金香泡沫事件。此后整整十年，荷兰经济才从这场噩梦中缓出一口气来。

这是人类有记录的经济史上第一次泡沫事件。

这也是人类将一种具有很高审美价值的东西完全物质化后，鲜花变成利剑，刺向人心贪欲的隐秘深处的案例。

这以后的四百多年里，荷兰人才真正地读懂了郁金香，把它放在心灵最美好的地方供养着，把它哺育成"国花"，成了善良、友谊、温暖的使者盛开在世界各地。郁金香的花语是"爱的告白"，它甚至成为近年来情人节上仅次于玫瑰花的当家花材，是恋人的最爱之一。

这是美丽的回归。今天的荷兰人每年平均培植郁金香球茎 30 亿个，如果将它们排列起来可以绕赤道 7 圈，而荷兰本身只是一个41000 平方公里的小国，其中土地的 1/4 在海平面以下。尽管现代社会变化多端，荷兰人还是平和地生活在这个运河、风车和郁金香装点的狭小的国土上，荷兰的许多地方还保持着 17 世纪的田园风光，他们不屑于把自己冠以欧洲的"首富"，而是以拥有"欧洲花园"之称而倍感荣耀。

　　离开荷兰前，我向导游打听郁金香的原产地，他的回答令我讶异："郁金香的发源地应该是中国的西藏、新疆一带，通过'丝绸之路'才传到中亚及中东各地，后来又从土耳其传到了欧洲。"可是在这以前，我还一直将它当作是"洋植物"呢！

心 中 桃 园

　　缠绵了几天的雨终于停了，清晨我行走在潮湿的人行道上，轻轻地呼吸着空气，一股久违的清澈、甘洌便甜到心底。

　　季节的脚步走得快，一下就迈进了人间四月天，想看一眼灼灼桃花都赶不及，周末和朋友邀约到森林公园时已是残红摇曳、落英满地了。不禁感叹一声：春者，短也！少年读《桃花源记》，也曾在梦中乘着那渔舟误入过"两岸桃花夹古津"的桃源仙境，那时起就期冀在山之隅，水之湄，筑一间竹篱茅舍，房前一片桃林，屋后几丛幽竹，和几个好友一起逃离尘世中的聒噪于耳的喧嚣，让心灵有一个寂天静地的憩园，那生命该是无所欲求了。可是，几十载人生辗转，何处去寻武陵源？"月不可见其沉，花不可见其落"，只是徒增许多的伤感罢了，更何况过了这个本命年，我也到了看花泪满眶、对书眼迷离的岁月人生，现实中寻觅的桃花源已成梦想。

　　不知怎的，踏花归来的夜晚我失眠了，只好披衣而起，趁着月色在小区散步。记忆中未有过在凌晨三五点散步的经历，仿佛梦游人。此刻，灯火已不再璀璨，城市沉浸在一种休眠的状态之中，偶尔从远处传来车辆的疾驰声。它展现出城市的另外的一面：内敛、含蓄、沉着。

　　那轮月，正在一点点地朝着西边天际挪移。天地间这块超大的画布，正被月光柔和地涂抹调色。看过阳光下的小区、风雨中的小区、喧闹的夜色下的小区，入住六年来还头回看见今夜如此静谧中的小区，花草和树木柔和妩媚。清风徐徐，树影扶疏，小区种植的花草开得繁茂馥郁，有雪片莲、山茶花、牡丹王、芍药、杜鹃花、黄冠贝母等。特别是兔耳芥菜，质朴而又娇嫩，铺满一地但并不卑微，在月影下静静地吐露着自己的清香。传说兔耳芥菜是被选来献给7世纪时法国的大修道院院长，同时又是隐者的圣里卡流斯。既是大修道院的负责人，又是隐者，这不是互相矛盾吗？可见得圣里卡流斯是一位擅长取得平衡的人，因此，兔耳芥菜的花语是：调和。这时的我感到一切都是那样和谐：天、地、物、人，一同被盛放在寰宇这只无所不包无所不容的巨大器皿中。没有谁可以干扰谁，没有谁可以影响谁，没有谁对谁歧视或指责……一切都是原生态的，裸露着、呈现着、凸显出一种纯粹的平和与宁静！虽然有明亮有阴暗，但一切都纷呈着自然的原状与本色。

十多年前有句耳熟能详的口号：消灭三大差别。"消灭"这个词，在当时的背景与环境下，很少有人会质疑。而今天，我们听到的是这样一个口号：建设和谐社会。大致相同的内容不同的提法，体现时代的进步和开放。

一个和谐社会，一定是多元的：自由的信仰，自主的命运，独立的生活方式，当然还有人格的平等。没有权位高低之分的等级差异，没有贫富之间的歧视与仇恨，每个人都能各得其所地工作学习生活着。就如四季中的花开，有大有小、有红有紫、色彩斑斓才有生气。和谐社会的出现，不只是要有社会工具、国家机器的强力支撑，最为关键的还需要民众素养的提高，道德文化的提升，还需要人们内心高贵的修为与人性善美的光大。

我此时所看到的城市和小区，迥异于另外的时光中的样子，我宁愿相信这时的感受是最真实的。因为我触到了事物纯粹的内核，感悟到和谐首先应该是我们每个人内在的思想宁静。真正的力量不是来自喧闹，而是你自己心灵镇定的和平，让心灵的往来悠游自如，那是比桃园还美的一幅图景。

一阵风声推动着月色下的气流，追随着那灰色的游云移过高高的楼顶，也将思绪送回了我安逸的梦境。不管将来是什么样子，相信将来会有不一样的辉煌和忧伤的心情随着环境的更新而荡漾。就如花落花开，我不再为暂时的凋零而忧伤，但却会为我身边的每一朵花开——哪怕是细小的星点的不遭人注意的花儿诞生而欣喜，并投以关怀的目光。月影开始淡去了，天色在熹微中开始泛白，我带着温暖的感觉进入了梦乡。当时间随着一段充满乏力喧闹的文字消失或者成长的时候，真不知道再度的失眠，还会带给我什么？

虽然没有看到桃花的灿若云锦，这个夜里我听到了花开的声音，一种和谐盛开的季节里的美丽。

现实中不会有永远的桃花源，真正的桃花源在你心中。

江 南 秋 浅

好像还没来得及和夏天道声别，秋就凉了。凉得有些温情，有些爽朗。

江南的秋，浅浅地走来，脚步很快，一不留神中秋就要走了，月亮像一只鬼魅的猫，倏地蹿上房顶，快捷而无声无息。等你发现，它已经立在另一端，斜着脸朝你媚笑着。

我原本燥热的心情也渐渐变得清静了下来。这时节清晨的风里才有秋的感觉，她吹洒出漫天的露水，浇熄了肆虐已久的暑气。原野的树还是那么绿，像一个个光着身子的小孩欢快地沐浴着她的抚爱。只有几棵年迈的老树上的枯叶有点发黄，但决不飘落，仿佛在告示南方的秋依然拽在夏的手中。

秋天是一个收获的季节，更是一个历经磨难、浮华淡定的季节。

你可以将秋天的丰硕在你的笔端吐纳，将秋天的萧瑟沉浮在你的心头，并带着自己的心情一起在秋风秋景中追逐放歌；在秋天的面前，或歌吟她的华美，或欣赏她的凄凉，或感悟她的成熟；你可以品味，可以吟唱，可以去应和着岁月的沧桑、人生的况味、往事的艰辛……

当我们解读秋天时，不应该只看到季节的衰老，还应该看到季节的丰美。而这种丰美，是季节长大后理性的面孔，是金子般的思索。

哪有一个季节，能够把累累的果实挂满枝头。

哪有一个季节，能赋予芬芳的诗句于阡陌沟垄。

哪有一个季节，把岁月成熟的赐福，温润成由衷的报答。

守护秋天，就是收获希望。因为，秋天将春的花蕾，夏的生机，收获在冬的前沿；因为，秋天将夏的热烈，冬的萧条，粉嫩在春的明天！

秋天的种子，常常在冰雪中休息，在温暖中勃发，在满足中收获着生活的沉甸！

秋天的心情，每每在回忆中含笑，在清茶中漂浮，在甘苦中品尝着生命的灿烂！

秋天不是绝对和独立的季节，将我们的秋天看好，就是看好了我们的人生。多抚摸秋天，我们心中的感受似乎会轻快许多……

南方的秋来得不是十分明朗，但一样是天高云淡的秋，风和日丽的秋。此刻的秋不像北方那般的苍茫萧瑟、落英满地、霜叶满天、深邃悠远；却多留存了一份煦煦的暖阳，徐徐的和风，还有一份浓浓的果香。那是一个醉人的季节，心里如蒿草般蓬勃的心事也会随着和煦秋风一起荡漾了起来。

南方的秋仍然像是一位青衣少妇，清爽而风韵犹存；南方的秋正是蕴含着林语堂所言的"月正圆、蟹正肥，桂花皎洁"的秋之况味。

我最爱秋天，要说这个季节有什么还让我烦来着的，那就是无比艳俗的月饼。月饼已经没有了自己的个性，没有了岁月的真实感，夸张过度的包装和商家温情广告后面隐藏的利欲之心，把每年的秋折腾得俗不可耐，就像给青衣少妇涂上了过重过浓的口红。月饼的商业暴利，将人们品尝秋天美景的那份心境劫持到了小小的月饼盒上，你无法逃离，甚至连抗拒也不能。它让我身体内部那颗秋天的心，变得有些无奈，有些浮躁，有些失落。

想起辛稼轩一首《满江红》里的句子：觉人间，万事到秋来，都摇落。看似低迷消极，细品，却又百味在心。

南方的秋就这么浅浅地走过，召唤着冬的到来。黄昏时夕阳在远山后滚动着金灿灿的车轮，在天地一线处，与云霓作最后的告别；落照下的孤树突兀地挺立如倔强的老人，在岁月擦肩的那一瞬间，没有告白。

感觉好像还没和夏分手，又要收到冬的名片了。你越是喜欢的季节越是短暂，越是走得快，心里突然感到有些空空的。我想，一定是某一阵风或某一枚落叶飘在那颗易感的心上了。正好是应了那句"秋心无暖意"的老话了吧。

漂流之美

天地生于有源于无，有无之间，万物滋生，生命勃发。漂流之美，大体就是这样一种合于天道的美吧。它师从于道，于生命之源走来，一路跌宕起伏，川流不息，湍急滩缓，变幻莫测，但一定是在向前滑驶，百般曲折，仍是勇往无畏。

生命中有种苦是安逸的苦，有种乐是曲折的乐。办公室的安逸常常换来全身筋骨的松散、疲乏，那是一种从骨头里透出来的累。用百无聊赖、生息全无来形容机关里的生存状态也不为过，因为在僵硬的躯体下还埋藏着僵硬的思想。更不用说那千篇一律、蝇营狗苟、趋炎附势、仰人鼻息的场面上模式化的生活，铸就一副扑克牌样的机关面孔。小心翼翼的人际间的接触，利益间的相互变换，我也在这样的剧情中扮演角色，无法摆脱。嫉妒、阿谀奉承、人前人后的变脸，缠绕在这棵老藤枯树上，渐渐地自己也变成了一颗苦瓜。现在才明白为什么常会听到人们说这样一个词叫"郁闷"！原来郁结在心里的烦闷是过于安逸和舒适才滋生出来的一种世纪病，过去衣不蔽体饭不果腹的年代倒没人成天地说这些词。所以，人在骨子里有种很轻贱的元素，需要敲打敲打才能真正刚硬起来。

在搞阶级斗争已经不时兴的时代，人们喜欢变着方式来折腾自己，有干蒸、踩背、足摩、顶腰，还有像土改时那种斗地主才有的"坐飞机"，现在不仅自愿去做，还要花钱，成为有钱人的享受。而在我看来，漂流才是最符合自然天性的。人在未出生时就浸泡在子宫的羊水里，对水本来就有一种嬉戏的本能。只因为人落地后，脚步终日沉甸甸地踩在地上，时令渐长，心也越来越沉重，日子过得越来越像铅一样，灰暗且累。能够回到自然的子宫里去感受水的脉搏的律动，水的色彩的洗刷，水的音韵的抚慰，水的激情的冲击，那是生命的轮回，是对自然最透彻的融入。

这回我选择的是闻名遐迩的长泰漂流旅游景区。在他们的"漂"（漂流）、"飘"（空中飘伞）、"跑"（跑马）、"钓"（钓鱼）诸多项目中，我独爱漂流。

我选择了一个雷雨交加的时候漂流，也许会有山洪暴发的危险，但更有战胜危机的决心。

水流很急很满，如歌如诉。时而幽咽，凄婉如瞎子阿炳《二泉映月》里的百年月色；时而欢快，翩翩如小提琴弦上的千年蝴蝶；时而激越，如徐悲鸿笔下的万马奔腾。刚下第一滩，皮筏艇就进了水。天公下起了急雨，斜斜地打在脸上，感觉像是接受纤纤玉指的面部按摩，人不仅在水面漂，也在水里泡。两人一皮艇，六十多道湾，七十多个跌水区，历经近三个小时，时而追波逐流，时而奋力划桨，漂流的质量，全把握在两人的心境和默契上——

有人和爱子同舟，一心关注着宝贝儿，稍有跌宕处就舍身抢救，不仅无心观赏沿路景色，反倒一路上磕磕碰碰，造成多次翻船，手脚也被划出一道道伤痕。

有人与女友同舟，爱情至上，风景第二，划船第三，全不把危机放在心上，波澜不惊，风雨无畏，一路上与浪共舞，而且跳的还是小步舞曲，反倒优哉游哉。水波扑面而来，艇里灌满了水，周身湿透，权当是在洗鸳鸯浴，美也乐哉！

也有人下艇如当历险，剑拔弩张，情绪高度紧张，像是与天斗与地斗与水斗，注意力完全放在眼前的礁石和险滩上，把到达终点看作是党和人民交给的神圣的任务去完成，却忽略了和自然亲近交流的机会，到了上了岸来，长吁一口气，像从噩梦中醒来，不但体会不了漂流的妙趣，更不能感悟生活的真味。

对于我，漂流只是放逐心情回归自然的一次体验，贴近自然首先要顺乎自然，掌握规律，才能协调地去掌控它、把玩它，才能有惊无险地越过一处处险滩。包容山水美景，带来的是给自己放下面具生活的愉悦，让思想遨游于青山碧水间的轻盈。已经缺乏锻炼的我在连续不停的划船中丝毫没有疲色，而且越加精神，连自己都觉得不可思议，原来漂流也可以给沉闷的生活带来欢悦。

上岸时才发现不知什么时候雷雨停歇下来，浮云有点开了，周围的山峦显得更加清新秀美。有过许多漂流的经验，个中滋味，这一次才刚刚开始品出些感觉来。

34

梦 怀 西 楼

　　我在寻觅什么？我寻觅到了吗？——这些年我会常常这样诘问自己。

　　有的人寄情于东隅，有的人归隐南山，有的人向往北海……无不是为自己的心灵找个归依的地方。而我的归程是何处？是这座我热爱的城市吗？我站在城市的某一端，心头涌起一丝怅惋的情绪。

　　这是一座给城民带来福祉的城市：刚好处于太平洋地震带之外，强大的台风常常擦身而过却没留下大碍。这里不缺乏所有安居乐业的自然品质，也没有让你厌弃的飞沙走石，更难出现长时间的旱情和水涝。我走过全国各地许多城市，只有福州的自来水可以泡铁观音茶而不走味，基本还能保持原茶的清香。

　　这里三面是环形山脉，像造物主伸出的两只强壮的胳膊在护卫着她；还有让我为之骄傲的水系，两条浩荡的江流交汇后奔入大海——这是让外乡人十分艳羡的自然生态。我的一位友人说，他不能想象将这些山撤走，丧失了山的庇护，这座城市会沿着地表滑落到海洋里去……山和海的牵连才塑造了现在的福州。

　　我在这里栖息了30年。这座城市隐伏着我年轻时期的所有梦想，如今曾有的宏大的理想都已如西天的彩虹逐渐褪去，而我像站立在街边城市人行道上叶色暗绿的杧果树——和她的缘分也在增长之中。但我应该承认我的精神时常还在这座城市里飘忽着，常常会有那种"愁余渺渺，彼黍离离"的无尽悲怀和冀望，还不时生出"飘飘何所似，天地一沙鸥"的孤寂和感叹！

我的身体和城市日趋密切的接触和碰撞，被强大的物质力量吞噬着。曾经有过的狂乱的激情驱散了年轻时的梦想，我在这里驻足或横行，在世俗的洪流裹挟中沉浮，无法抗拒金钱的奴役和物欲的盘剥，和社会流行观念同流合污，每日用积攒货币来计算个人的财富——就像用 GDP 来衡量一个城市的发展那样。而精神的量级却越来越瘦、越来越轻，个性、襟怀、信念、理想，还有少年时期就有的那种浪漫和豪情等，这些"人文精神"活力的魂魄都被浇铸进了城市沉重的钢筋混凝土里。

直到几个月前的一天我又读到了你——

"无言独上西楼，月如钩……"

无言是一种状态，独上是给自己心灵留下一个空间。西楼代表精神的取向，而那一轮弯月是高蹈于物质之上的人文关怀和安谧的心灵——请原谅我不吝辞藻做这样的描述，在我重解这句诗时，我心智的思辨之果突然吐出一种感觉来，略显矫情但一下子浸润到我的心里。千古明月从唐诗宋词里向我照来，就有了颜色，有了声音，有了温度，也有了姿势，当照到了我的山林时，就显得浅蓝而轻灵了许多。南唐后主的《相见欢》写的是国破家亡的离愁，而此时仿佛让我看到了城市边缘的那座西楼——我梦中虚拟的佳境，她那张不屑名利、远离尘世、清癯宁寂的笑脸，和由她编织的超岁月的美丽童话。

这座城市千年留存下来坚牢的美丽还能保持多久？她的美丽，不仅仅是富庶的生活，更重要的是在富庶之后青山依旧和绿水长流的生态；也不仅仅是现代化的城市文明，而是被刷新的文明下面依然存在的源源蠢动的文化基因；更不仅仅是环绕的山脉对城市婴儿般的护卫，我们需要的是一个博大的精神空间以平衡日益激烈的商业扩张，而不让人沦为纯粹的经济动物。无论如何改变，还可以看到城市千古明月照拂的"西楼"，在"无言"和"独上"之时抵御市侩哲学的侵扰，并在当代展示出深蕴文化气质的新姿来。

于是，西楼成了我精神的向度，也许是让我灵魂清静下来的地方。那里有明月，有书简，有琴韵，有香草，有美人，有平和的人生态度，有一颗淡定的心，有一个真实的我。她可以使我在喧嚣中沉寂下来，在浮华迷失中找回生命的真意，正如卡里·纪伯伦曾说的那样：她让我的"灵魂绽放自己，像一朵有无数花瓣的莲花，而她自己就是最单纯最深邃的一朵"。

我怀想着西楼，西楼走进了我的梦境。

旦 日 流 年

冬至已过,春之韵律涂抹我生命的色彩!

每年的元旦,都会忆起少年时期玩味的这个句子,心总是有些空空的,像一个未注满清水的杯子,对着青天,却不能从自己的内心里打捞出一轮明月。时光走过,像拔丝一样地抽走我青春的缕缕激情,织就一个锦缎一般平静光滑的自己。冬夜铁一般黑,雾从树林间,从草丛中,从苍莽莽的江面上升腾起来,月色也开始朦胧,看它幻化成一团白雾,裹着一年的梦境,高高地注视着我。记忆的列车,从昨天驶来,呼啸而过,一下子就抵达 2007 年的站台。

我孤独地坐在离家最近的金巴克咖啡屋里,在隆冬的深夜里,叩问季节,追思抚然。

人是从家乡出走的一盏风灯,披着一袖的希望,流连于人间,为和梦想赴一面之约,焦急地出发,匆忙地赶路,又草草地熄灭。踏破铁鞋只为寻找生命的意义,然而终有一天,灯也累了,脚步也停住了,真的越过崇山峻岭后,回到原来的湖边掬一捧清水,湿润焦渴的喉咙,清水入肠的那一瞬,你感到要约定的东西就在身边,是那么简单地快乐着。生命的意义其实就是一个人静静地听,静静地想。静是一种美好的享受,闭上眼睛,暂时忘记苦难忧伤,你心灵深处珍藏的那本书又一次翻开,看着字里行间,留下影像点点。

常听到人们抱怨自己的生活不如意,交通拥堵,房价见涨,工作繁忙——有诸多的理由隔绝了与快乐晤面的机会。心灵原本是一块乐土，但往往会为飘来的一片阴云，你放逐了快乐，你也可能会在富足的沼泽地中苟延残喘。生活中的悖论往往演示这样一个事实：多少人开始的时候虽然清贫但却是幸福的，家庭也是美满和睦；多少人有了大把大把的钱可供挥霍，虚荣心得到极度扩张，可是家庭却支离破碎。旦复旦兮，在这新桃换旧符的时刻，给心灵找一个安静的机会，让往事随风飘荡，让记忆此起彼伏，给自己演绎一段心灵的贺岁片，你会发觉这种感受真的是一种幸福！

时光是一位薄情寡义之人，无论你将昨天的伤痛藏得多么深，裹得多么紧，它总是在你最得意忘形之时，剥去你厚厚的苔衣，将你的疼痛打开，让那朵粉红色的花蕊，裸露在暴风骤雨之中。什么功名利禄，什么儿女情长，纷纷从它的怀里滑落，化为泥沼。

时光是一位智者，冷峻悄然的眼神匆匆掠过，再也不给你留下后悔的机会，待你将时间的水流涤荡去表面的污浊，你已走远，才洞悉了美丽后面的真实。

人们可以把玩古董字画、钟表玉器，把玩未曾被风雨侵蚀的古木家具，甚至还可以把玩感情，但无法把玩时间。时光是支离弦的箭，只能朝着一个方向飞驰，它不会拐弯，不会停留，更不会回头。能够停下来的是你的心，能够去拥有一个平静的日子，在平淡中享受时光，在平和中度过人生。平静的生活，才是真实的生活。

在旦日流年的时候，时光是一幅影像。我静坐在咖啡屋里，就像坐在最后一节的火车车厢里，晃啊晃的，在那种微微颠簸的节奏中，恍恍惚惚有很多影像浮现了开来。就像走进了侯孝贤《咖啡时光》的电影里：咖啡屋里阳子和系着黑色领结的老侍者，还有穿白色和服和阳子很熟的伙计，榻榻米上的小方桌，屋内的光线如一杯浓稠的咖啡，刺眼的阳光在木格子的窗外踯躅，一束一束地整进来，像搅动咖啡的小银勺，一下一下地跳动着。阳子带着笔记本电脑，坐在临窗的榻榻米上，要一杯咖啡，度过一个宁静的时刻……

一直喜欢侯孝贤的影片，这部是为纪念已故日本影坛巨匠小津安二郎诞辰100周年而专门拍摄的影片，是我的最爱，爱到有点沉沦。在心情烦躁的时候我会放给自己看，看着看着自我消失了，仿佛变成了阳子，在行走，在思考，在寻找，烦恼就像潮水一样退走了。心境正像侯孝贤说的："一切都是明亮的，所有的事都变成一种过程，没有痛苦，没有悲伤，只有被人的胸襟和对生命的热爱来包容。"这种静观人生的叙事态度，是侯孝贤的，是小津的，更是东方的，也是我感悟认同的。

笼罩一周的寒流似乎已呈现了疲态，作出最后的挣扎后，无力地飘向了南方。当然，疲倦的不仅仅是它，还有走了大半个冬天后渴望风和日丽的人们。当西风的余孽还在空中肆虐时，柔弱的我用仅剩的一点坚强对峙着，并艰难重建着内心里的家园。

春之将至，我在静候着时光带给我每一份生命的美丽！

星 月 在 怀

临要出访欧洲 8 国，却不小心地把脚崴了，心境黯淡了一天。

向晚时分，驱车来到江滨好去处"易水居"，呼朋邀月，把酒临风，想借此洗刷今天的晦气。几杯酒下肚，寒气消去，话题也渐渐地暖热了许多，似乎伤情也痊愈了不少。落霞纷飒，远处江岸景物像披上了金装，炫美极了。江波嗲喋，沙滩上温柔地留下了丝丝缕缕的梦痕。不一会儿，灯火渐次地亮起，像无数双伸出光的手敏感地触摸水底，杯弓蛇影般地晃晃悠悠着。公园路那边墨绿的林带层层叠叠，每棵树都在早春的空气中摇曳生姿。

2006 年农历的第二个十五，浩瀚苍穹上如玉盘般的圆月和以往一样明媚皎洁，银色辉煌，普照大地，顿时令我欣慰和舒畅。薄云轻纱般在曼舞着，会使人幻想那圆月里藏着个让人怜爱的美丽女孩，拖着长长的轻轻飘动的裙裾和瀑布般晶莹的秀发，在遥远的广寒宫上静静地遥望着霓虹闪烁的城市和花前月下喝酒的人们。湛蓝的夜空向我描绘一种自然质朴而又诗意盎然的美景，一下子将我拉回了童话世界当中。

月色，星光，灯影，不寒的春风……美好的感觉潮水般不断涌了过来。

这一刻起我把脚崴的不快抛到了爪哇国去了，哪怕过几天因此影响了出国访问，我也不会在乎。

41

心境的美好不仅取决于人处在什么样的生存环境，更取决于人能否将不利的现实转化成一种超然的力量，使自己的心境高踞起来，永远开朗。人的苦乐，尽管有其客观的尺度，但只要你不困扰于一时一地之得失，精神世界丰富而充实，就会造就另一种崭新的环境，使一切都充满活力，生机勃勃。孔子以兰花自喻，他说"芝兰生于深谷，不以无人而不芳，君子修道立德，不以穷困而改节"；刘禹锡因改革而得罪权贵，遭贬谪于和州，仍被排斥而三易其所，可是他"无丝竹之乱耳，无案牍之劳形"，"斯是陋室，唯吾德馨"；范仲淹逆境之中用"不以物喜，不以己悲"自勉，以古仁人之心处之泰然，而成百业。他们都是一个把心灵交托于自然的人。

会欣赏才会有发现，心胸有多宽广，欣赏才有多到位，你的发现才有多真实。不久前见到一位作家的文章说：有的人赏物容易赏人难；有的人欣赏远离自己生活的人易欣赏身边的人难；有的人乐于自我欣赏而不屑于欣赏别人；还有人将欣赏异化为取悦与谄媚，异化为赤裸裸的吹捧和露骨的逢迎。凡善于欣赏者，都拥有一颗不凡的慧心，都善于观一花即观一世界，见小草可见大精神。与常见之美面对，便享有一份与故知重逢的欣慰；与罕见之美面对则仿佛与初识知音邂逅，有一种相见恨晚的惊喜。

欣赏是一种情趣的生活，是心灵的及时雨，它可以洗涤堆积已久的污垢，知道什么是生活的高雅，什么是世俗的糟粕。欣赏是欣赏者真实心灵放飞的足迹，寻找生活诗意的韵脚，激发生活轻松灵秀的喷泉，咀嚼活着的滋味，生成源源不断灵感的源泉。如果你能在无功利的疾进中痴痴前行，欣赏一切自然和美的事物，并常常陶醉其中，哪怕你布衣素食却也饱览群山万壑，富甲一方。

培根曾说过："欣赏者心中有朝霞、露珠和常年盛开的花朵；漠视者冰结心城，四海枯竭，丛山荒芜。"我说欣赏者心中有朗月明星，那些猥琐的、自卑的、不幸的、彷徨的、拖泥带水的故事都将会因它的照耀而遁形。

今天很快过去，明天又将来到。时光像是在密不透风的容器里搅动的水，淹过来，流过去，大浪淘沙，所有活着的挣扎着的生灵都将被它卷走，更何况那些暂时的不愉快事情？意识在这个不断虚拟的河床漂流着，并不时散发着各种既真实而又不失迷幻的气息。

送走友人，回到书房里，在刘登翰先生的"星月在怀"墨示前沉思了良久，并油然生出一些感慨，是为记。

诗意的空间

44

我经历过这一切。

那只是用方块字排列起来的一行行句子，在散发着油墨清香的本子上简单而朴素地流传开来。就在那上面，我认识了舒婷的名字和她的诗——我清晰地记起打开一本从北京寄来的油印刊物《今天》时心灵所受的震动，那一瞬间仿佛自己多年来建立起来的审美自信完全崩塌，脑子里腾烧起一团新鲜的艺术火焰！

1979年，也是四月，黄昏，南方一所大学操场边上的草坪上，一颗容易被爱和艺术俘获的灵魂在贪婪地吮吸着诗的液汁，没有动作，没有声音，我的心情像初恋的情人在传递柔情那样默默地起伏、变幻和融合着……"若是灵魂里溢满了回响/又何必苦苦寻觅/要唱歌你就唱歌吧，但请/轻轻，轻轻，温柔地。"那一时刻感觉自己羽化一般在夕阳下飞扬旋转，诗歌神奇的力量包裹着我，让我激动得透不过气来。读了太多的"彩霞满天""钢花四溅"的句子，竟然不知道诗还可以这样写，那古老的方块文字里还蕴藏着这么丰富美妙的诗情！那时的舒婷还只不过是厦门一个灯泡厂的女工！

女诗人王小妮后来也颇有心得地谈起过那种被朦胧诗第一次触动的感受："现代艺术在中国的萌芽，使一个人在几小时之间找到了他一生中最可能倾心的东西。"

那以后，整整十年的时间，我无法统计在中国有多少人投入到诗歌的创作的海洋中，到处可见诗歌社团和诗刊，年轻和并不年轻的心在悸动着，青春和并不青春的血滚烫地奔涌。到处是诗掀动起的色彩斑斓的浪花，到处有诗拍击出的惊世绝伦的涛声，古老的诗国天空和大地都被诗歌映照着，散发出世纪的光芒。诗人的桂冠成为众多艺术的象牙之巅，大学生们几乎将舒婷视为圣母顶礼膜拜。这些弯曲无声的汉字一旦被赋予了诗的内涵，所产生的力量是无穷的，她不仅仅是时尚，更是一代人的呼喊、追求，抑或本来就是生命自身！

好像岁月走得并不远，曾经生动和尖利的一切，退到我们生命的背后，诗歌也变得灰暗无声了。历史让我们走向了凝重，走向了现实。那面硕大的海洋，经历了十年的波澜之后，渐渐地平静了下来，好像一个闹了太久的孩子安静地睡着了，既单纯又干净。当舒婷也成了我的朋友，可以近距离静观她时，诗意的空间显得格外平和。"第一次被你的才情所触动/是在那细雨蒙蒙的夜晚"，而今我确实感觉到了"桑枝间呜咽的/已是深秋迟滞的风"。

很多和我一样年龄和经历的人都有同样的感受，舒婷的诗画出了这一代人特定的色彩与痕迹，是很难被岁月磨灭的！今天的朋友们被困扰于有形状的物态里，或者在俗世红尘中身陷不拔，抑或被时尚推搡着找不着方向。你是否还回到这样的空间——诗意的空间，点一盏灯，品一杯茶，读一首诗，让短暂的停留带给你清醒，让艺术的手轻轻为你擦拭心灵的蒙尘？

灯亮着——
它以这样轩昂的傲气，
睥睨明里暗里的压迫。
呵，灯何时有了鲜明的性格？
自从你开始理解我的时候。

平常自然心

19世纪的一个清晨时分，俄罗斯著名的画家列维坦独自一人去森林里写生。当他穿过森林走到一座山崖边上，抬头望去，突然被眼前的景色惊呆了。东边初升的太阳像金黄的颜料泼洒在崖壁上，如一幅巨大的油画，绚丽极了。画家久久地凝视着它，感动得泪流满面。一颗伟大的容易被艺术和爱魅惑的灵魂立刻和自然融为一体，一幅不朽的艺术杰作在自然中获取创作的灵感。

能够这样被自然打动的人一定是有一个丰富敏感的艺术的灵魂，而这个灵魂来自自然的孕育和一颗感恩的心。列维坦在写给挚友契诃夫的一封信中说："我还从来没有如此爱过自然，对于它如此敏感。我还从来没有如此强烈地感觉到这种绝妙的山，它流注于一切。但非人人能见，甚至无以名之，因为它不是理智与分析所能获得，它只能由爱来理解。没有这种感受就不能成为画家。"

凡山素水，野花闲草，或壮阔恢宏，或峥嵘奇崛，或玲珑秀丽，皆以各自生命的特立独行在昼与夜中吐与纳，在天地之间张扬与含羞，或疏或密，或起或落，或动或静，攀缘取巧，各具姿态又扶助牵持——高树伟岸挺拔，藤萝轻舒曼卷，纤草沐风沥雨，小花沾露含笑，皆从天而然。

大自然造就了精灵，造就了万物，造就了风……

风填满了世界的每一个空间，每天我们都感受着风，可是这一天我却被风感动了。

那是五月端阳前的一天，和平常一样我匆匆刷洗完毕，就赶着下楼上班。刚一迈出大门，初夏的风拂面而来，那风很清、很绵、很爽，还夹携着些许栀子花的香味，像无数只轻柔的小手，轻拂我的头发、面颊、颈脖，我突然联想到"和煦"两个字。晨风和阳光是和煦的，小区的景色也比以往和煦了许多，轻摇的树枝向你点头微笑着，连路上的行人也变得特别和蔼可亲，一双双和煦的眼神向你行注目礼……过去司空见惯不为所动的这一切，这一刻都变得亲切了起来，情绪一下子变得无比温和。

这一切都因为昨晚上的一场突如其来的大雨的洗浴，令刚刚炎热起来的空气又回到了春天般的清新。南方季节的转换来得快，端午节前后的福州往日已是烈日炎炎了，今年雨水多，整个初夏还都浸泡在绵绵春雨中。而这个上班的早晨，我却被晴朗和温煦的风吹拂得心潮澎湃，感觉自己从心底煽起了激情的翅膀。

这种风中的感动，让我无比留恋。

想自己的过去，每天里都是为生计、为不可预知的未来而奔波劳碌着，似乎从来都没有抬头好好看一下清晨时天空中走过的绚丽多姿的云彩，也从没想过小区那洁净的路径原来也是如此可爱，更未曾留意路边原来花有这么香，风会这么轻……

于是我明白，快乐其实很简单，收拾起疲惫郁闷的情绪，让心情一刻放飞，脚步就会轻快地踏上那条红砖铺设、光彩异常的小路。

于是，我又想起了列维坦说过的："不仅需要用眼看，而且还要用内心去感觉自然，听自然的音乐，体验自然的幽静。"

能够感受自然的心是美丽的，然而也是可遇不可求的。自然无处不在，你未必能够时时体悟到它。因为红尘纷扰，或是俗事的争斗，我们的心已落满了尘埃，我们的心变得粗粝，每天忙的是升官发财，求的是福禄寿喜。人的体力是用在功名海洋中纵横恣肆，体现价值；

人的才智还常常用来算计别人，张扬自己。你已经很少有机会去和自然交流，去倾听自然的声音，去体会自然带来的种种好处。或者你完全将自然带给你的种种美景美色，作为自己理所当然就能拥有的东西，而不加珍惜，挥霍浪费。你将自己贵为自然的主宰，目空一切地占有自然，那么你怎么可能领略到自然那种纯净和慈爱的美丽呢？

要想能够被自然感动首先要有一颗平常心，降尊纡贵地体察自然的脉象，感受自然的变化，品味自然的生动。还要有一个敬畏的灵魂，面对上苍无限的造化。云雨虹霓霹雳，四季风华变化，均由一只无形的手一笔挥就，你只有静静地去仰望、承受、接纳，才会让你谦卑的心灵饱含着液汁。更要有一颗感恩的心情，对自然，对造物，对时序变迁，都能够体验到它们带来的福祉和恩泽，都能够乐观开心地迎迓和拥抱，并时时感动着那风那云，那山那水，那树那草，那自然的一切美丽的形态，那蕴于形态中的迷人的诗意。

48　　此时联想到赵朴初曾经说过的一段联子："日出东海落西天，愁也一天，喜也一天；遇事不钻牛角尖，人也舒坦，心也舒坦；常与知己聊聊天，古也谈谈，今也谈谈；早晚操劳勤锻炼，忙也乐观，闲也乐观。"当你困顿于嘈杂喧嚣，当你苦苦追寻真诚理解，当你罪孽深重图求净化，当你浪迹天涯心力交瘁，无言无语有情有爱的一道清泉，一片绿叶，一方山石，会抚慰你，宁静你，纯洁你，穿透你沮丧颓唐的心，提示你不以物喜，不为己悲。

第二辑

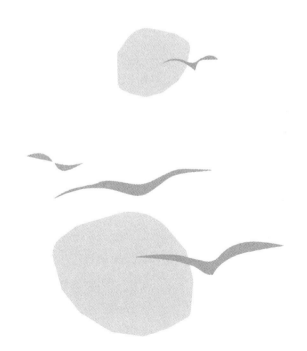

世事变化之间，谁能以一颗宁静从容的心去看世界，不以贫富论贵贱，不以名利定高低，不在红尘的奔波中玷污自己一颗清澈自在的心，不被欲望拖累了前进的脚步，不为浮华迷惑前面的路径，就能激发起心底的快乐和灵魂的自在。

品 茶 的 心

物质社会的多元和奢侈，让我们目迷五色，不分东西。可口可乐与肯德基冲击着孩子们的胃口，广东潮汕菜系主宰着各种宴席，水煮系列成为坊间民众热爱的菜肴，变化多端的吃，生猛鲜活，香辣刺激，大快朵颐，人的肠胃和思想一起污浊复杂起来。

人是越吃越慵懒，越喝越茫然。

于是，生活需要有一杯茶。

而今人们饭后说得最多的一句禅家法语是：吃茶去！

现代人爱喝茶皆缘于消食与清浊，与道无关，与禅无关。一杯杯深褐色的茶汤下肚之后，那浓香解媚，啜英嚼华，喉味回甘，饮涤尘烦……渐渐地也能从中感受到茶的俭朴、清淡、和静、自然的天性，从一般的去腻解渴的日常行为，升华到精神享受的境地。茶与中国文化崇尚温和谦逊、淡泊宁静、清俭本分、先抑后扬的精髓相契合。

喝茶因此变得有道了。现代人和茶缘愈来愈深，就因为现代欲望的喧嚣和躁动，导致人的焦虑、烦躁、不安，一杯清茶可涤去心头的尘埃，洗濯胸中的郁闷，抚慰身体，以达心灵的安静。

清冷幽静的山地，一径矮灌比肩牵连，有雾岚缠绵其间，有粉蝶翩翩翻飞，一处清泉绕过，轻风催发嫩芽。在这样的天地中，茶深得自然安蓄的秉性，钟灵毓秀，造就了好品格，也激发出无限的禅机。

有禅茶语："若是口鼻吃茶，只尝得苦、回得甜、闻得香，只有

51

以心饮茶者，方能于静品细咂中体味出那个'清'字来。"人生行程不免甜酸苦辣咸，五味杂陈，那五味子中没有"清"，如果你品味到这"清"，不仅能让你消乏提神，慰藉身体，灵台清明，你的行程会更加从容笃定，闲适淡泊，达观安贫，赏识维美。

茶道主张"性俭"。宋徽宗不是个好皇帝，但却是个识茶的人，他称赞茶"导和致清，韵高致静"，并称"以不蓄茶为羞"。茶圣陆羽在茶经上说："茶，行优而有俭德者饮之甚宜。"如今饮茶者中，也弥散奢华之风，商业侵蚀严重，饮好茶变成一种时尚和奢靡。一斤好茶贵过一桌的酒宴，让平头百姓望"茶"兴叹。其实在我看来，真正的好茶不在茶馆里，而在坊间。天地识灵草，寄予爱茶人。喝茶之趣，不在名山名茶名具名泉，关键是你要沉得下心来喝。有好友相伴，便会有好话题，再加上个好环境，月照石上泉，风拂松梢吟，茶盏当前，你的身体和灵魂便得到香茗的双重眷顾，你的肉身和精神便赢得些许禅意的荡涤。

喝茶的心是颗平常质朴的心，喝茶人重简不重繁，重神不重形。喝茶的心是放得低低的，彻底休闲的。饮茶者注重一个"品"字。杯小如核桃，壶小如香橼，红泥小火炉，炭火煮清泉，"每斟无一两，上口不忍下咽，先嗅其香，舌有余甘，一杯以后，再试二杯，令人释躁平矜……"品茶，不是单纯为了鉴别茶的优劣，而是带有神思遐想和领略饮茶之情趣，品茶之妙全在韵味幽幽。

古埃及神话中有一杆神奇的秤，人死后都要把心取出来称量。如果心很轻，天使会引导羽毛般轻灵的心飞往天堂。如果那心很重，被诸多烦恼和欲望填满，就会坠入不见天日的地狱之中。

喝茶会让你的心越喝越清，也越喝越轻。那承载的数不尽的人生欲望，那欲望带来的数不尽的人生烦恼，都会在喝茶中渐渐被清涤干净。

中华好茶真是精彩纷呈，错过了品茶之美、品茗之乐，人生都不完整。

茶住的地方是人类最初的家园，是最美的地方。茶的历史从有文字记载以来，已走过四五千年的悠悠岁月，一路走来不亢不卑，不骄不躁，不愠不火，像一位青衣学士，谦卑而又含蓄，恬淡而又厚重，但却清朗倜傥，永远年轻，充满了朝气。它精神的家园，却高高在上，以睿眼相望人间，用永恒的绿包容岁月，和谐世人。

弱水三千，吾只取一瓢饮。有茶，真好！

告 别 喧 嚣

有一天坐在院中杧果树下读书，翻到了阿恩海姆《艺术与视知觉》中的一段话，猝然对某个时期的创作不自信起来。这天阳光其实很明亮，而我的眼前却一片空蒙迷茫，以往未进入我意识域的东西突然朝我微笑地走来，虽然让我感到这东西有点陌生，但却十分亲切。

人往往是这样，曾经追求过而自以为是的东西，会骤然间被毁坏，同样执拗地舍弃了她。

真的，我希望自己能过得平常一些，能够接近这个院落里里外外的世态人生。可是在很长的一段时间里，被许多的概念"深刻"地推动着，让思想离群索居。出门的时候，踩响汽车的引擎，思想也跟着一路呼啸而去。那时候我确实追求这么一种状态，身居小巷之中却把自己隔绝起来，来去匆匆，却不知心泊何处，以为超然于这个很纷扰的世界。

这种状态常常带来空虚和孤寂，孤寂伴了点空虚，就知道这不是海明威所言的那种"写作，在最成功的时候"才赢得的那种"孤寂"了。

写作其实是一种自慰，自欺欺人也好，自我宣泄也好，都可以在笔力跋涉中赢得一种快感。十载寒窗、皓首穷经的乾嘉遗风已不为当今才子们所推崇，目前敞开每条路，有多种选择，而写作这条道却越走越"孤寂"，其中甘苦自知，快感自品。多年来，在别人看来最没本事的人所干的事我仍然干着，有时还绝对地投入，这就在于多少还有点"快感"在支撑着，让我在"孤寂"中走下去。

一个好的作家，笔底波澜，惊天地泣鬼神的，让历史跟着他转。从这点上评判，中国第一"作家"就是毛泽东。而更多的作家，能达到"知人论世"的地步就不错了，就堪称"大作家"了。我写文章曾也想能够达到"知人论世"的程度，但却总也没学会，大概有几个方面的原因，一是悟性太差，二是不够用功和尽心去做，三是不能用平常心来看平常事。

阿恩海姆说："我们的经验和概念往往显得通俗而不深刻，当它们深刻的时候又显得不通俗。这主要是因为我们忽视了通过感觉到的经验去理解事物的天赋。"

这时候，当我放下书本，走出巷外，我可以很宁静地和邻里交谈，听他们很亲切地谈起一些旧事和正在发生的事情，他们的童年的艰辛，家道的中落，母亲的关怀和上学的不易；讲小巷的衰荣，土墙根上蝈蝈的鸣叫和收废品拉腔拉调的叫喊；讲某年某月的社戏上至今让他们念念不忘的小旦，还有过年的糯米糕和屋檐下的竹篮……从他们变得悠远深沉的目光中我看到了许许多多的人生轨迹把历史交织起来，形成一组组生动的画面。

就这样我接受了他们的暗示，就像阿恩海姆对我的启示一样，我开始关注他们。

就这样我将这类东西记录了下来，就像放了一场老电影，让我在现代的生活路径中归回本真。

我所写的这些散文、随笔仍然谈不上能做到"知人论世"，也许仅仅是让自己和周围的世界更接近一些，让自己也活得更真实一些。

仅此而已。

又见花开

在福州，当你走进鼓西路，见到那两旁开始挂满红红火火的春联和各式各样的灯盏时，你会感觉到年味浓了。

而最能带给我年味的是一盆普通的花：水仙。

隆冬季节，南方潮湿的天气似乎异常寂寞和寒冷。每年这时，在漳州工作的朋友习惯地都会送来一箱水仙，妻子总会算好日期，细心地挑选两颗结实和饱满的球茎，然后将它细细地雕刻出形状，放在一个青花的瓷盆里，铺上些雨花石和清水，那叶就日见地长，苞就日见地大，待到年三十晚一过，苞儿就开了，突出了花蕊，从初一到十五，花儿越发地娇艳了。一整个春节，她总是静静地开放着，清香轻笼着居室，也渲染着年景。无论人们如何极尽欢乐地闹腾和奢靡，我还是被水仙简朴和淡雅的气质感动着，温暖着。

它站在岁末的时光中朝我微笑，叶茎翘然亭立，临水而歌。我凭窗凝望，外面的景致纷纷向后退去，阴晦的天空下一片萧瑟凄清，大地已是"暮云收尽溢清寒""初闻征雁已无蝉"的时节，万花凋谢，树叶摇落。只有它那翠绿的茎上开着鹅黄的花儿，像淡淡的笑容一样温暖着冬日里冷寂孤单的心灵。

我能感受到花儿均匀的呼吸，芬芳而略带甜味；我的心灵能够听到花儿的喁喁私语，触碰到它们纤细的身躯。

尽管在生命历程中，谁都会因为性格造成磨难和悲苦，但是生命和思想所带来的自由与解放，同样也是俗世人生所无法给予的。所以，与其用一句"人生本苦"来麻木自己生命的触角，倒不如用一颗快乐感恩的心，好好地珍惜、接纳并享受生命带给我们的一切恩惠。当我们终于学会如何在逆境中将忧伤嬗变成美丽，我们的精神的层面定然会随之升华，迈向永恒。水仙就是有这么一种的精神：传说中水仙是一个美丽的女子，竟爱上自己水中的倒影，于是容颜憔悴，在孤寂中死去，倒入水中化作这美丽的花儿。当世人沉浸在天伦之乐时，花开中的水仙给我平添了无限的遐思。

读过欧·亨利小说的人，估计没有谁能忘记《最后一片叶子》。贝尔门——那位"操了40年的画笔，还远没有摸着艺术女神的衣裙"的老画家，当他的邻居，一位患肺病的女画家，数着窗外藤子上的叶子，决定以最后一片叶子的凋落为死期的时候，老画家的杰作问世了。在一个风雨交加的夜里，即藤子上的叶子全部落光的那一夜，贝尔门爬到墙上画了一幅"茎部仍然是深绿色，可是锯齿形的叶子边缘已经枯萎发黄"的作品……次日，见叶子还挂在藤子上，年轻的女画家又燃起生命的希望，她活了下来。贝尔门却死了，老人穿着湿漉漉的衣服，身边只有几支画笔。只有注入生命并以生命铸就的作品，才是真正的艺术。

同样，对水仙的期待，是对花开的期待，是对流年生命的期待，也是我对自己命运的某种期待。

岁月蹉跎，人到中年，便时常有童年迢递而来的生命意绪，它使我在时光的回溯中感悟出人生美丽绽放的短暂和花朵的易折，唯有它带来的美好才能永驻人心。在这种进行中寄希望于自己，我们才会在生活的浪花中不断沉浮、不断碰撞、不断成熟。也正是这样，才使我们对生活充满热情、充满热爱、充满眷恋，才使我们在欢乐痛苦、愉悦惆怅的交织中，去寻找春华秋实的劳动的充实，去品味春花秋月的自然的美意。

世间没有不老的容颜，这是生命注定的忧伤。四季总在周而复始地轮回，人要赢得与时光的较量，唯有把自己的心变成一棵常青树，才能让四季驻满不老的欢颜。所以，还是让我们来好好地珍惜生命的本身吧，去掉所有的怨尤，还以一颗感恩的心去面对时光。无论是画家笔下的那片树叶，还是我季节中短暂的水仙，都是心灵旷野上的美丽花开，它会将春天和希望一同植入我的梦境，就如一位诗友所言的那样——

　　　　花儿喷吐出幽香来
　　　　那是她动情地爱了
　　　　凡是爱过
　　　　是酸是甜总会结出果来

58

舍 得 之 间

好像刚进入初夏，"珍珠"台风就跟着要来。这阵子天开始阴沉着脸，下起了雨点。办公室楼道空气里有一种厚重的湿气，压得人的心情也如那浑浊的空气一样，流动不了。不过楼下路边的那些常绿榕树，兴高采烈地跳起摇摆舞，傍晚的路灯亮起来了，叶子就在灯光下闪闪发光。没多久，雨如丝线一般从天空洒下，越来越大，风也越刮越猛，把人心缠绕得莫名慌乱。

这场台风带给我的是一个真切的时间的概念：又是夏天，时令走得急，2006 年已经过去了一半。我突然为此郁闷不已。

诗人洛夫说：人在 40 岁之前感到时间是悄悄地流逝而去的，40 岁以后感觉时间是奔跑过去，而且每跑一步都踩在你的心尖上。今年的计划还没出来，就已过了年中，好像什么都没做，心真的感觉好痛。

人不就是活一个时间吗？

钟表的"嘀嗒嘀嗒"声和人的心脏的节律一样，是有生命的运动者，它是感知时间的存在物。但如果把你关进一个密闭的黑屋子里，没有了声音，没有了光，你感觉时间的位移可以通过心脏的跳动来进行判断，这个意义上看，生命也就是时间。

人生之境界，许多是对于时间的领悟，有了"逝者如斯夫，不舍昼夜"的感慨。人至今还是对时间有种无奈的情怀。把时间比作水

59

流，孔子确实比得精妙。水有清有浊，有起有落，有缓有急，人在时间的河床中起起落落，有的走得匆匆忙忙，有的走得迟迟缓缓的，有的一生清醒，有的半世糊涂，都是因为对时间的取舍的态度。一般地说：僧人悟空，俗人悟实；高人悟舍，凡人悟得。

"舍得"二字，极尽中国哲学的二元辩证。

一个人一生的时间太短暂了，可是人心又太大太贪，如一条小蛇要吞进一只大象，最终会劳而无功。人生何时何地不 PK，其实我们每天都在舍弃一些东西，特别是心念中那许多的贪欲。好的文章是删繁就简出来的，成功的事业是剔除和选择中得到的。一个大气的人，一个强者，常常显得宽容和忍让；而一个弱者，失败者，却是十分固执和坚持，不愿作出些许退让。

人往往被自己的欲求困扰，就像套上了枷锁，有金钱锁、权力锁、功名锁，当然还有爱情锁等。你越想得到这些东西，锁就会很奇妙地变得越重，锁得越紧。大凡成功者，都深谙"舍得"二字，有舍才有得，能舍才能有得。古今中外成大事就大业者先舍后得的故事不胜枚举：晋文公重耳退避三舍，才能大破楚军，取得了城濮之战的胜利；越王勾践愿受卧薪尝胆之苦，才有灭吴之大成；司马迁能忍宫刑之耻辱，才能发愤修史，有《史记》千秋之大作；陶渊明舍去了五斗米俸禄，却留下一身气节千古诗名，而且还拥有桃花源那些日子悠然的心境与恬淡的生活……所以，人要做到顺流而上容易，适时而退却难矣。人生的遗憾不仅仅在于轻易放弃不该放弃的，也在于固执坚持不该坚持的东西。在我看来，现代人的一生中应该做好减法，应该是扔包袱的一生。学会给自己减负，才能走得更远。人要卸下身上的诸多"枷锁"，脚步才能轻盈起来。小舍小得，大舍大得，不舍不得，舍舍得得之间，时间卷走了生命的一切，而剩下的是退出一步后的海阔天空。

《菜根谭》中句子云："人生只为欲字所累，便如马如牛，听人羁络；为鹰为犬，任物鞭笞。如果一念清明，淡然无欲，天地也不能够转动我，鬼神也不能奴使我，况一切区区事物乎！"贪念太多，欲望太强，嫉妒太重，自卑太深，都会让自己舍不得去放弃，因此也不可能会有真正意义上的得到和占有。

听说有台风，沈阳的朋友来电十分欣羡地说："我长这么大，还没看到台风呢！"我说："台风有什么好看的，它只会给我们带来麻烦。"放下电话，心里突然一动，平静的对话中也有了点禅意。

有人想看台风，这一辈子也不一定遇上；有人每年都遇上，只会平添烦恼。

台风并非为谁而来，我们却因它有了悲喜。

人生不可预设，顺着自然，无所谓舍与得，也许就会有奇景。

我们活在这个世界上，享受着时间给予我们的美丽。不同的心灵，不同的味道；不同的风景，不同的旅途。随缘得缘，随变得变，到处都是禅。

季 节 怀 想

不知不觉又是岁末年初。见面的人们道声："新年好!"紧接的大多是一声感慨："又一年了,时间过得真快啊!"

有时的感伤,是来源于季节的。有时的恐惧,完全是因为时间。

岸容待腊将舒柳,山意冲寒欲放梅。满目是黄叶遍地的愁思,天高雁徊的缠绵,露寒霜重的凄冷。天时人事日相催,冬至阳生春又来。季节嬗替,循环反复间,亘古千年,不变的也许只有这美丽唏嘘的诗句,或存于片牍,或存于藤箧,或凝结于金石;亘古千年,荏苒时光如白驹过隙,不变的还有那一颗爱人的心,不约束于韵律、不羁缚于宣墨、不缠绵于琴瑟的浅唱低吟。

年岁渐长,身边那许多逝去的人和事因遥远而朦胧,却变得那么美好,回想起来,更让人魂牵梦萦;面对季节,多了许多的领会、宽容、品味、欣赏,也添了许多的感伤。

人似乎可以缔造一切,但却不能留住岁月,无法抗衡生命的流逝,无论帝王还是乞丐,时间赐予的都是一样的公平。在科学的空间里,时间是不可逆的。因此,人愿意创造艺术,在艺术中人可以停留下脚步;人也创造出玄学,让精神和心理都沉迷在虚幻中。

电影《神话》中成龙饰演了两个角色——秦朝大将军蒙毅和现代考古学家杰克:骁勇善战的秦朝大将军蒙毅,受秦始皇所命,负责护送朝鲜公主玉漱入秦为妃,路上竟遭丞相赵高暗中指使的叛军伏击。蒙毅保护玉漱公主，二人紧握着手随战车堕入万丈瀑布……同一个梦境，缠绕考古学家杰克多年，梦中的白衣女子玉漱公主，令他神魂颠倒，秦朝古物莫名神秘地牵引着他。"万世沧桑唯有爱是永远的神话，潮起潮落始终不悔真爱的相约"——唯美的画面衬托着玉漱翩翩的舞蹈，将跨越千年的爱恋会聚在天堂的那一时刻。伴随着悠扬婉转凄美的音乐，我已经深切感受到爱情的存在和伟大。

一切英雄业绩都已经成为过眼烟云时，只有真爱带着永恒的记忆活在世间。

荣格说过，任何神话都在重复，而且任何思想哲学就是重复。去年的明月今年依然出现，死去的思潮再次复活，循环往复，一切是周期性的。中国老庄哲学天人合一、万物归土的观念，将世事和人生看得更加缥缈不定、扑朔迷离，有诗云："谁是庄周谁是蝶？谁是蝴蝶谁是周？人生是梦亦非梦，大道无边至人舟。"《诗经》的爱情可以和《神话》的爱情对接，感觉都是一样的，跨越两千多年奇幻的爱情故事，会凝结在某一刻。

岁月留痕，以为自己总在成熟，其实心底眷恋的还是儿时的自己。当你行将走到生命的终点时，往往会蓦地发觉生命里还有一些的东西没有一同带走—— 一方黄手帕、一条童年的河流、一支母亲唱过的童谣、一块伙伴留给自己的糯米糕……

庄子的思想特色可归纳为对自然的洞察和对自由的追求，认为人活一生是无可怀疑的存在，没有比自由的生命更优先的。一世的英明不如一时的痛快！人之所以活着，是为了追求一种天高地厚的幸福。情感之中，最不可取的态度是：在庙里敲钟，却惦记着外出化缘的自由；而外出化缘，又渴望着庙里的清静。所以，活在当下，寻求当下的快乐，享受每一天，自然随性地去生活、去创造，那你一定会少去许多的季节和其他因素带来的伤感和叹息！

留给季节最永恒不变的是：爱与自然！

独立的代价

夏，一个充满激情、能量、才华、梦想的季节，上天并没有给所有生命带来奇迹。因为一则消息的传播，我满载希望的心情带着无限的辛酸和深深的遗憾顿然消殒。

2003 年 7 月 8 日炎热的下午，伊朗两姐妹拉丹和拉蕾死在了新加坡莱佛士医院的手术台上。她们是世界上罕见的连体姐妹，共用一个颅腔，一条向脑部输血的大脑动脉。挑战命运在她们出生的那一刻开始，此后 29 年她们形影相随，寸步不离，克服了常人所无法想象和体会的艰辛。她们 4 岁离家，15 岁便独立生活，用了六年半时间读完了德黑兰大学的学士学位。在伊朗，拉丹和拉蕾几乎是国家的传奇。她们与世界上其他的双胞胎姐妹一样，有着各自独立的思想与情感，姐姐的痛苦不会把妹妹的快乐牵扯进去，妹妹的失眠也无碍姐姐的熟睡。然而，她们却无法享受完整的爱情，她们也无法独自去爱一个男人。随着岁月的流转，渴望各自拥有独立的生活和私人空间的要求愈加迫切，她们决定冒险分离，明知道手术凶多吉少，对爱和自由的渴望超越了对死亡的恐惧。可惜的是分颅手术没有成功，医学技术的极限没有逾越自然的宿命，她们生命最后一跃，未能突破樊篱，最终给以自己的生命换取独立生活画上了悲惨的句号。

非典过去的欣慰还来不及品尝和感受，这异国姐妹的事件又让我动容，她们的死也给我提出一个问题：生命需要什么？29 年来，拉丹和拉蕾每时每刻相依为命，时间足以让她们习惯了这种出双入对的生活，如果仅仅为了活着那也就够了，更何况她们还弹奏出了生命的辉煌，完成了堪称一流大学的法学院的全部课程，已经成为伊朗民众心目中的英雄。可是，她们长大了，终于有一天她们心中各有了倾慕的对象，而自己却不能和同龄女子一样沉浸在爱情的世界里，无法和一个男人守着这一份婚姻。也许正因为这份爱给了她们勇气，她们才敢于向医学的极限提出挑战，进行了这场旷古未闻的分离手术。"不自由，毋宁死"，生命的价值不仅仅在于生存，自由和爱的赢得有时候比生命来得更加宝贵。

中国有个"化蝶"的故事，男女爱侣宁愿不活是为了死后能在一起，伊朗姐妹为自由和爱却冒死分离，而死亡就发生在她们分离的那一瞬间，演绎的都是感天动地的千古绝唱！7月12日，她们终于在死后实现了梦想——摆脱对方，独立生活。葬礼在伊朗南部一个偏远的山区举行，约两万人沿两边的山坡而立，他们怀着悲痛的心情目送两姐妹的棺木被缓缓运送上山，比肩葬在家乡的土地上。棺木上的鲜花丛中有一张纸条，上写着："分开了，安息吧！"

"拉丹"和"拉蕾"在伊朗语里，分别代表着雏菊和郁金香两种花。她们珍惜生命，更珍爱自由；她们独立开放，飘散着各自的芬芳；她们如此脆弱和短暂，却有着坚强的灵魂和信念。在伊朗这个多灾多难的国度里，他们的政府在世界上正受着美国和许多国家的非议和指责，可是，拉丹和拉蕾两姐妹的悲情故事却令整个世界为之落泪。为了独立，她们付出了年轻的生命，令人叹惋，更被人敬重。也因为这种独立和爱的精神可以穿越种族和国界，给这个沉闷酷热的夏季带来了一种震动的力量。

未蒙尘的心

日子有点枯燥，正如马尔库塞在《单向度的人》一书中预言的那样，尘俗的现实封锁住奔腾的心，财富技术秩序可能通过舒适生活环节持久地阉割了人们的激情。要不是因为新书出版，不是因为《秋天不回来》这首歌的触动，不是因为看到一片落叶倏然飘落在我的眼前，我不会在这个初冬的早晨把自己装进一个"诗意的空间"里。

2006 年 11 月 18 日，福建省文学院和省诗歌朗诵协会为我举办《你的秋天》个人专场诗文朗诵音乐会，朗诵者中有很稚嫩的大学生，也有像蒋夷牧这样阅历深厚的长者，这种因为一个人的诗文而集结一起的活动在这座城市里并不常见，它赋予天籁品香茶会所一个情韵生动的早晨，赋予每个到来的人在诗文中一次精神的游历，而给予我的只有感动！

这个空间变得如此纯粹和干净，没有利益的瓜葛，不必虚与委蛇，更无须趋炎附势，年轻和并不年轻的心在这一刻得以会合交融。结束前答谢大家的时候我提起了离世不到一个月的少年作家子尤回答网友的一句话。

网友问："地震了，世界变成了废墟，你希望从废墟里找回你以前的哪样东西？"

子尤答曰："找回我未蒙尘的心就可以了。"

我对大家说："我并不是一个很专业的作家，但作为一个现代生活的人，今天到这里来，也是为了找回我未蒙尘的心！"

这是一个精神缺失的年代，污泥浊水横流，人们心底里美好的情感常常被压抑和埋藏。正是因为这样，子尤，这个短暂而美丽的生命，他的欢畅、他的纯净、他的透彻、他的深刻、他的率性、他的幽默和才气唤起了人们无限的惋惜和伤感。死亡是悲痛的，能让陪伴子尤走过16年岁月的母亲柳红感到欣慰的是她看到一位朋友说，他的眼睛从来是干涸的，却为子尤湿润了；还有一位朋友说他半年没怎么笑了，看到子尤可以这样活很触动，让他顽强乐观；还有一位朋友把子尤的博客转给一位想自杀的同学……这些让我看到这样一个活力绽放、青春激荡的年轻生命离开这个世界留下的坚强的背影，是子尤生命的延续！

2004年，13岁的子尤因为患恶性肿瘤而住进医院，经历常人难以想象的病痛的折磨，可他却用调侃的词句形容住院的经历："一次手术、两次胸穿、三次骨穿、四次化疗、五次转院、六次病危、七次吐血，八个月头顶空空，九死一生，十分快活！"在这样的境况下能如此轻松去面对，是真英雄，真浪漫！

浪漫的本质是指向天然的乐观和精神自由。

浪漫的天性是一种不俗的情怀和通达的气度。

浪漫不是财富可以度量的，不是官阶可以抵达的，也不是健康着就可以拥有的。我们无怨无悔地追求一种叫作成就的东西，蓦然回首，才发现青春早已不再，光滑的容颜也已山川纵横；我们千辛万苦地追寻一种叫作财富的东西，彷徨之余，才发现我们为它忘记了亲情，疏远了自然，也迷失了自己，只剩下功名利禄，冗繁琐屑，生命的色盘已遍染了灰暗。当生命的列车到达某一个驿站的时候，再也不想启程，一种羁绊、一份眷恋让你甘心困于尘寰一隅。

近来央视"百家讲坛"由北京师范大学教授于丹执掌教鞭，所讲的《〈论语〉心得》当中《理想之道》让我感触颇深。这一节讲的是《论语》的《侍坐篇》。大意是说，有一天学生子路、曾皙、冉有、公西华陪坐孔子左右。孔子让大家说说各自的理想。子路抢先回答："给我一个比较大的国家，只需三年工夫，我就可以使人人勇敢善战，而且还懂得做人的道理。"孔子听了，冷笑了一下。回头问冉有、公西华，他们两个也都简单说了自己的想法，无非是治理国家、执掌礼仪之类。最后，孔子问曾皙："你怎么样？"曾皙回答说："我的理想是，在春深似海的时节，穿着美丽的春装，同五六位好友、六七个少年，到新开的沂河里去沐浴，再到舞雩台上吹吹风，然后一路唱着歌回来。"表面看，与前面几位弟子相比，曾皙的理想可谓胸无大志、微不足道，孔子却感叹道："与我的想法一样啊！"原来孔子竟是一个如此可爱的老人！或许，真正的智者，都是最纯真的性情中人，都有一颗未蒙尘的心。

生命中，我们并不缺乏雄心壮志，却往往忽视了心灵的体验。曾皙的理想，是不同凡响的情韵，是反抗尘俗、突破庸常的一次革命，更是一场心灵的仪式！而现实中，许多人缺少的，不正是这样一种仪式吗？正是因为缺少这样一种仪式，他们日渐疏远了自然和诗意，心灵难免会被蒙上厚厚的尘土，甚而套上无形的枷锁！

在天国，子尤可以自由地飞翔，因为他揣着一颗未蒙尘的心。

城市的名片

每个城市都有自己的名片，那一定是自然和历史文化孕育的美丽风景，具有标志性的审美价值，比如：西安的大雁塔，武汉的黄鹤楼，上海的外滩、城隍庙。北京可以亮出的名片就更多了，有四合院、老胡同，还有天安门、故宫、世纪坛、长城等。也有烙上了后现代商业文明色彩的名片，诸如大连的足球、青岛的啤酒等。一个城市走来，是穿过了几千年的历史风尘，还有着那双明亮的眼睛和那颗强劲的跳动的心，城市的活力依然不减当年，很大的程度上是它握着一张可以和整个世界对话和交流的名片。有了这样的名片，它成为世界大家庭中的一位重要成员。

福州的名片是什么？

我问过很多朋友，有政界的，有商界的，有作家，还有从事人文自然研究的学者，但我没有得到一个统一的答案。

是三山两塔吗？可是站在北峰岭上，在鳞次栉比的新建楼盘中，我已经难觅它们的身影；是三坊七巷吗？可是那斑驳颓败的灰墙在电线蛛网缠绕下像一位裹着麻布的老妇人，依稀可见昔日的容颜，还在寒风中等待着焕发青春；是那华盖擎天的古榕树吗？但作为一张城市的名片又显得单一，它好像也无法覆盖这个城市的人文精神和创造的实质；抑或是近年名震海内外的寿山石？但还未来得及被评上国石，已被限制开采，资源几近枯竭。

69

我还听到这样一个说法：福州的名片是虾油。一到开饭时节，这种庸常生活中的调味品散发出的气味飘荡在大街小巷，是福州人餐桌上的必备佐料，它以特别腥臊的趣味调节着人们的胃口，让一代又一代的福州人津津乐道，在满足了口腹之欲后似乎多少在某种情趣上也接近这一品味了。

当然这种几近诋毁的说法更不能把握这座城市的精神，但我也不得不面对这样的一个事实：要给福州一张名片来定性实在是有些难度，尽管她已有两千多年的历史，尽管历史上不乏像严复、林则徐这样的英才栋梁，但却一直没有在现代发展的进程中找好自己的定位，使这座悠久的文化名城缺乏深厚的涵养和内在的气质。

从外地来的朋友到福州让我指点有特色的景区或名胜古迹，每次都让我犯难，我只好推荐他们到厦门、泉州或武夷山走走，在福州确实缺乏历史积淀厚重的大气之作。有人将她归咎于规划者的败笔，这不无道理。其实福州并不缺乏历史第一的人文景观，如船政文化；也不缺乏自然独秀的山川美景，如闽江和乌龙江双江汇流的天然构成。这些都没有被很好地利用和打造，在对城市特色的经营上，福州缺乏的是现代前瞻的眼光和对历史文化解读的规划的大脑。

在这座城市生活了二十多年，我感受城市变迁的沧海桑田。东扩南移，开疆拓土，城市每天都在长大，一不留神你会发现眼前突然又冒起了一座高楼，抬起眼皮子又见到那块棚户区敞出了一条大道来。可是那内河越来越少了，池塘也一块块被填平了，几经战争烽火顽强挺立过来的古老建筑物在现代化进程中却逐渐地被夷平。如：散落在福州仓山街巷中的近现代西洋建筑，凝固着城市的记忆，也使仓山有着与福州其他城区不同的异国情调。然而，随着仓山旧屋区改造的脚步越来越快，这些风格各异的欧式老建筑将被大批夷平。三坊七巷街区，地处市中心，东临八一七北路，西靠通湖路，北接杨桥路，南达吉庇巷、光禄坊，占地 40 公顷，白墙瓦屋，布局严谨，房屋精致，匠艺奇巧，集中体现了闽越古城的民居特色，被建筑界誉为规模庞大的"明清古建筑博物馆"。自古以来，三坊七巷一直是福州最有文化气息的地方。朱紫坊清澈的河水绕腰而过，人们可以乘龙舟从安泰河直达西湖去观赏秀美风光。三坊七巷人杰地灵，是出将入相的所在，历代众多著名的政治家、军事家、文学家、诗人从这里走出，名誉海外，荣耀故里。然而位于东街的杨桥巷基本上也拆除殆尽。现代化进程劫持走自然和人文的清纯与风情，缺乏个性的楼房挤压着人们休闲的空间，也挤压着心灵的那块宁静的绿洲。城市的眼睛黯淡无光，只有夜里闪烁的霓虹在向天空争夺着星星和月亮的光芒。

今夜突如其来了一场雨，也是开春的第一场豪雨，将晚饭后散步的我驱赶入五一路的华祥苑茶馆。这里炫目的装饰和豪华的场景，将当今喝茶人的享乐推向了极致。从喝茶可以感受到经济学家预称的消费时代真正到来了。为我泡茶的文小姐是个外省人，刚从厦门总店调到福州不到两个月，和我谈起了对福州的看法，她无意中的一句调侃让我的心不禁收紧：

"来福州唯一的好处是可以毫无羞愧地向路上扔垃圾。"

"在厦门和福州有什么不同吗"我诧异地问她。

"厦门和福州不一样，在厦门扔垃圾，人们会将他当作是外地人看；而在福州，每家店门口的垃圾都往门外扫，福州人往路上扔垃圾是司空见惯的。福州人为自己想得多，厦门人为厦门想得多。"

文小姐的话让我检点起自己的笑容来。那我们的笑容呢？你看到多少是真实的、敷衍的、善意的、虚假的？

世事变化之间，谁能以一颗宁静从容的心去看世界，不以贫富论贵贱，不以名利定高低，不在红尘的奔波中玷污自己一颗清澈自在的心，不被欲望拖累了前进的脚步，不为浮华迷惑前面的路径，就能激发起心底的快乐和灵魂的自在。一座堪称伟大的城市，一定要有高贵的心灵和包容的胸怀，也要有每个公民的责任感和进取心去呵护她，维护她的荣耀。城市公民善待自己，宽容他人，摈除刻薄和粗鄙，追求内心的自由自在坦然自若，就会让他生存的这座城市因为流淌着这种清新的气息而生动起来。

福州近年一些新建起来的地标式建筑物和公园不乏创意，但要成为城市的名片，还需要现代文明的熏陶和濡染，需要城市每个公民精神的养护。如果你还不能为自己生活的城市找到一张合适的名片，那么就从你的微笑做起吧！在我看来，一座城市能真正地打动人的是这座城市每个公民脸上流露出来的自信的微笑。我们的微笑，一定是这座城市名片上最美的底色！

书与酒的况味

世间万物，美无处不在，有人一口气铺列出的美堪为美轮美奂：柳影里少女那是娇美；霓虹灯下浓妆艳抹的女人那是艳美；冬日里喝着红枣银耳羹那是甜美；看着别人幸福地享受自己所得不到的东西那是酸美；失意的时候独自伤心流泪那是苦美；在高峦顶巅俯视芸芸众生那是壮美；在茂林修竹中欣赏小桥流水那是柔美；在炎炎夏夜里望月凝思那是幽美；在迷雾中与伙伴们一起打雪仗那是畅美；春光里婀娜绽放的牡丹那是华美；雪堆中傲然挺立的蜡梅那是凄美；孤庙里的香火缭绕那是清美；尘世中的豪门盛宴那是浊美；沙漠里若隐若现的海市蜃楼那是迷幻之美；花瓣上凝结的晶莹露珠那是自然之美；黄昏里悲壮下沉的夕阳那是迟暮之美；夜幕下华灯璀璨的高楼那是人文之美；深秋林阴道的枯叶遍地那是深沉之美；溪涧里奔流而下的飞瀑那是激越之美……

不知是有意还是无知，这么多的美中却遗漏了人生两大快意之美：喝酒和读书。

有时夜深，正读书间，忽然觉得少了滋味，不呼朋，不邀月，拈一杯红酒，就着一页书，文字做下酒菜，心思在酒中，更在书里。身外的纠缠，世间的情缘，都在慢慢的啜饮中沉于心底。手边有酒，眼前有书，时光就在指缝间悄悄地溜走，心境隐去瞬时喧嚣，浮生得以片刻沉静。其中的美妙之处，只可意会不能言传。

73

古代的中国文人，通常有三大梦想：好书在手，美人在侧，明君在丹墀之上。明君作为一个特定的名词，虽时时还被人们挂在嘴边，实质上却已逝者如斯，成为了历史的记忆。不仕、不堪仕与无处可仕，使文人的精神负担大为减轻，只是好书与美人仍然令他们"寤寐思服"，情牵梦绕。女人爱书是因为珍爱她们自己。男人有些时候并不在意女人的感觉，不理解女人的心态。他们认为只要给女人创造好的物质环境就可以了。于是，这世界就有了分歧。所以在很多的问题上，男人和女人之间由于生活态度不同，故而处世的方法也不同，对读书的感觉也迥然不同。这是因为他们对生命的切入点不一样：男人常常喜欢流连故事情节，钟情于生活形式；而女人却寻觅某种境界，注重的是"宁信其有不信其无"的结果。如遇到生命中欲拔不能的情状和生活中失之交臂的情缘，这时，她们会长时间流连于书本并从书里找到朦胧的答案：生命原本就是一种痛苦，生活本身就充满了遗憾。所以女人把书当作酒来品，男人把酒当作书来读，不论是张裕干红还是路易十三，男人都是一杯杯地往喉管里倒，醍醐灌顶。

对我来说除了购房，还有畅快的事是购书。古人说"书非借不能读也"，我的兴趣却全在购书之上，真的很少去读它，所以偶尔捧读好像又经历了一次灵魂的洗礼，有种让自己高贵起来的感觉。不过这种感觉愈来愈成了幸福的回忆了。过去常常想人生会有风有雨，书是能遮挡风雨的伞；人生有险滩有暗礁，书便是明亮的灯塔；人生有山穷水尽时，书中有柳暗花明处……这是读书人超现实的幻想，有些酸腐却也还幼稚可爱。有幻想总比没有幻想强！购书的意义有时和喝酒一样，只是用于浸润一下心灵。

这些年，因种种原因颇多饮酒，推杯换盏间，酒已承载了太多的目的。变了滋味的酒，不得不饮，却了无乐趣可言。即使是曲水流觞的好光景，打着转的酒樽里，也释放不出风雅。让酒俗了的，同样亦在酒外。"且乐生前一杯酒，何须身后千载名"。有时会想起李白，在朗声大笑中，乐着自己的乐，才发现原来自己空有一腔倾慕。

《菜根谭》中句子云：修德而留意于事功名誉，必无实诣；读书而寄兴于吟咏风雅，定不深心。酒若做了求名逐利的工具，也定为爱酒的人所不屑和耻笑。灯红酒绿中，多少潮湿的、阴暗的、腐败的、暧昧的、淫荡的、饕餮的气息在噬咬着人的意志和灵魂。又有多少好书像一盏盏的灯，清醒的、明亮的、厚重的、温暖的气息在滋养和拯救着我们。

现在好书并不是很多的，我就总是把自己心中认为的精品留在一个心平气和的时段，沐浴焚香后一字一句地仔细阅读。今晚和朋友喝了不少的蓝带马爹利酒，还在微醺中，便抓了一本杨绛女士写的《我们仨》翻看起来，结尾是这样的：

"1997年早春，阿瑗去世。1998年岁末，锺书去世。我们三人就此失散了。就这么轻易地失散了。'世间好物不坚牢，彩云易散玻璃脆。'现在，只剩下了我一人。"

我、酒和书我们仨，酒已经有了，但好书却越来越少。还能在酒和书的缘分里徜徉多久，我不得而知，能够解读的，只有岁月的那双可以穿透一切的眼睛了。

淡品人生

午夜里的大地安静了，只剩城市盛开着无眠的花朵：夜空中星光点点，月影浮动；窗外街灯璀璨，繁华雀跃。然而奇怪的是，今夜里不知被什么触动了，睡去的心还是那么空空的。

也许是一件物事还在羁绊着我，让我的心不得入梦——那些在文明的灯火下极尽欢乐的人群，他们迟缓的归家的脚步，不仅牵扯着亲人的担忧，还牵扯去多少宝贵的能源。

我突然想，人如果淡泊于身，就会少了许多的纷争，世界也会变得安宁许多。

清末张之洞的养生名联说："无求便是安心法"；当代著名作家冰心也认为"人到无求品自高"。这说明，淡泊是一种美好的心态，是对人生追求的深层次的定位。人有了淡泊的心态，就不会在世俗中随波逐流，利欲浮沉；也不会对身外之物得而大喜，失却大悲；更不会对世事他人牢骚满腹，攀比嫉妒。国家也不必为了争夺能源出兵侵略而大打出手。

如果你在这个蠢动的世界中不能脱身，淡泊会是你心灵救赎的一剂良药。

淡品人生在当今已经不仅仅是一种状态，或单纯的一种精神境界，也是人对自然无度索取后的一种必然寻求。

物欲横流，已经消解了人类精神世界坚定的信仰与简朴的生活方式。人对世界有限资源掠夺性开采，鼓励社会快速增长财富的经济自杀行为，重新瓜分和耗竭现有生态资源与破坏环境。在全球化推广与蔓延一种狂热的消费主义思潮，使人们按照全球一体化单一生活方式和标准享受物质的快感。大量消耗生态资源和破坏环境为先导的人类奢靡生活方式，已经成为整个人类生活基本模式。它像点燃了一支永不熄灭的消费的火把，燃烧着人们所有积累起来的社会财富。当人们丝毫都没有兴趣关心后代人的财富与生存环境时，人类的消费主义文化现象就迫使人们选择快速的死亡与毁灭结局。大千世界，芸芸众生，如何守住灵魂的关口，留下一点生命的沉淀，给自己，也给后人？

在中国矿难猛于虎！那些为了生计，为了老婆、孩子不得不下井的矿工，用汗水与鲜血乃至生命换来的，是老板们奢侈的挥洒，豪华的享受，和某些掌握着国家资源的政府官员口袋里不敢抖出的秘密。据近日媒体报道，在太原市，一些矿主十多岁的公子，开的就是沃尔沃、劳斯莱斯。他们是否想过，这些"财富"，是多少矿工冒死一把把地挖掘出来的！

那些暴发起来的脑满肠肥而又短视的贪婪者，他们无节制地挥霍所占有的财富，在过度消费中放弃了灵魂纯粹性的追求。在物质世界之外，他们的心灵好像已经麻木，难以接受来自精神的愉悦和心灵宁静的体验。他们放弃了信仰和宗教的情感，去单纯地感受后物质主义的浪漫情景，沉沦于物质财富的占有与消费中，幸福就是如此浅薄地表现为过度消耗中的快乐。他们满足于攀比的消费场面所赢得的可怜的尊严，满足于当下世界带给他们的一切极品的享乐。

中国早有反对奢靡、力倡节俭的优良传统。先贤曾说："奢则不逊，俭则固"；"奢侈之费，甚于天灾"；"忧劳可以兴国，逸豫可以亡身"……都是千古警世名言。中国的这些暴发户，其境界远不如古人，近不如老外。美国的盖茨夫妇现在的总资产已经高达 460 亿美金，连续多年稳居世界首富的宝座。凭借自己的睿智而发家的比尔·盖茨其实也把钱看得很重，但他不像一些有钱人那样挥金如土，更没有花天酒地，他曾经说过："我要把我所赚得的每一笔钱都花得有价值，不会浪费一分钱！"曾表示："我要将我和妻子的95％的资产捐献给世界的慈善事业！"他的妻子梅琳达也很支持丈夫的想法，她说："每个人都清楚，我们取自社会的东西终究还是要还给世界的，只是方式和方法不同！我和丈夫的哲学是：我们要把世界首富的身份和作用发挥到极致，要采取最有效的一种方式把我们的钱财花到最恰当的地方，这就是我们眼中的慈善事业！"

"静胜躁，寒胜热。清静为天下正。"

"圣人不积，既以为人己愈有，既以与人己愈多。"

"天之道，利而不害；圣人之道，为而不争。"

"使有什伯之器而不用；使民重死而不远徙。虽有舟舆，无所乘之，虽有甲兵，无所陈之。甘其食，美其服，安其居，乐其俗。"

真到了那一天，地球上出现了生态灾难，资源枯竭，臭氧层被破坏，世界进入了又一个洪荒期，你才会猛然醒悟到老子的"小国寡民"的思想是一个多么伟大的梦想啊。

夏到麓荼已是秋了，晚风过处带来了一片清凉，使我的脑门清醒了许多。我注视着城市上空那霓虹的闪烁，如同注视着草样的奢华，那葳蕤之后是否将会是一片荒芜？

恬淡寡欲，不逐奢华，灵明之心永远保持干净与平静，人类会更加永恒美好。

享 受 足 球

2006 年，没有什么比观赏世界杯更值得期待的事了。

3 月底我走访了德国，同行者中有位宁波日报社的朋友，一路上舟车劳顿还不忘给他的宝贝儿子搜集世界杯吉祥物，每次都兴高采烈。我们取笑他说，你用欧元买回去的是"中国制造"的产品。那时德国经济正在好转，球迷们已经开始企盼当年夏季世界杯上能够获胜，到处可见足球，在大楼上、汽车上、海报上，一家公司甚至将东柏林的地标——电视塔打扮成足球形状。有家德国报纸诙谐地说：如果市场推广部拥有相关的技术的话，他们会将月亮也打扮成足球。

世界杯战火终于点燃了，虽然在 32 支球队里未觅中国国足芳踪，然而对于中国的球迷来说，这场会聚了过往王者、巨星将现的球赛绝对是场豪门盛宴。从 6 月 9 日到 7 月 10 日，全世界都掀起了一股看足球的风潮。餐厅、酒吧、夜总会每晚都会有赛场直播，朋友见面也常常会聊到比赛的进程。6 小时时差外的德国进入激战，中国的球迷比全世界任何一个地方的球迷都辛苦，都是就着啤酒伴着星光夜色看完了一场场的赛事。我身边不乏超级足球迷，他们可以像自家亲兄弟一样将各国球星的名字随口说出来，而且知道他们年龄多大，曾效力哪家足球俱乐部，上个世界杯进了几个球，听得我目瞪口呆。据说深圳有位白领球迷为了能安心看球，辞去了一份很不错的工作。看到他们废寝忘食地陶醉在足球中的样子，我也不免想做一回球迷疯狂一下。当球迷也不容易啊，半夜之后还有两场足球，看，还是不看，这是个问题。我是个球迷，我可以狂热到物我两忘的境界，若不是球迷，更好办，它该怎么着就怎么着，我照样过自己的日子。可对我这样一个力求开始了解足球的准球迷来说这是个难题。整夜不睡，平生没遭过这样的罪；睡吧，神经中枢已经被足球魔咒击中的部位总是蠢蠢欲动的，睁着惺忪的眼也要把球看完。一两个晚上还行，熬到第三天我就开始抱怨大赛组委会都是将最精彩的比赛安排在午夜以后。为了享受足球带来的快乐，我平生第一次这么"痛苦"地投入到每场赛事之中，哪怕凌晨几场没看，一清早准要打开电视机搜索"晨光战报"，这样一天中和朋友聚会时就有最新的话题。

小组赛结束了，在看球中得到了享受也长了见识。现在才开始弄明白什么叫"越位"，什么是"帽子戏法"，难怪我的朋友称我是最没水准的"球迷"。

对一件事物的关注如此持久地狂热和激情，除了足球难有其他。

足球比赛最早是在中国，当时叫作鞠蹴，那时比赛的规则，没有非常明确地记载流传下来，因此我们不敢说我们就懂了足球。就是欧洲人玩足球，到19世纪两队排出的阵式，仍然不是"1217"就是"1226"，常常造成球门前的大混乱，缺乏观赏性，于是在1874年，有了越位这条规则的出现。越位的规定大大减少了禁区内球门前的粗野行为，不但进攻精彩刺激，防守也赏心悦目。音乐人陈吉浙说：世界杯是一种简单而直接的快乐。它不像奥运会对于金牌的功利性那么强，又包含了那么多历史、文化的内涵。世界杯只有一个冠军，所有队伍都是强队，所有人都在享受足球带来的单纯的快乐。我的世界杯音乐也采用了一种最简单、直接而有力的主旋律。之所以有的使用重金属甚至死亡金属，就是因为有力量、能够痛快淋漓地表达出那种纯感性的东西。所以世界杯的赛场内外呈现出了感性和自由的美，整整一个月都是球迷们的狂欢节，你可以在脸上涂上油彩，将头发染成奇异的样子，可以雀跃，可以呐喊，可以宣泄你体内最狂野的激情。

所有球队中我最钟情于巴西足球队，巴西足球是一种艺术，节奏感强，蓄势而发，一招致命；所有球员中我最喜爱小罗纳尔多，他能很好地控制节奏，就像一个演员在表演，演绎着足球的艺术性，快乐而顽皮，无论遭遇多么高强的对手，他都能微笑地踢好每一脚球。我认为他还有着高尚的球德，由他一人在一场比赛中独战的例子不多，他总会把机会让给别人，恰到好处地将球传到队友脚下，由队友完成那致命的一击。巨星群是桑巴军团最大的资本，良好的团队精神是他们取胜的必杀技。巴西是不可战胜的！但是要知道足球是圆的，什么情况都有可能发生。一场对抗下来，哪怕是加时赛，只要没结束，谁都不好下结论。足球的魅力也就在于它在球场上演绎着诸多的变化，牵动着我们对下一轮的期待：德意志在家人的看护下安然前行、英格兰逢瑞不胜终逃不出38年宿命、葡荷在红黄大战损兵折将破史上三项纪录留灰色记忆、沙特激起最后一层涟漪即黯然飘逝……有你想到的，但更多的却是你意料之外的，感觉就像在梦中，看到了风在动，云在飞，潮在涌……

世界杯是一个球和一群男人的故事吗？我不得而知。但观看世界杯的不仅仅是男人，女人也疯狂啊！据说韩国有六成以上的女人在看世界杯。绿茵场飞旋着的足球，带着梦想、希望、荣耀、尊严，也带着宿命，而我更愿意把足球想象成一个天使，不带翅膀却能在绿茵场上飞旋的天使，用它最单纯的黑白诱惑给我们留下无穷的遐想。哦，世界杯！大力神杯！你用你的勇敢、智慧、力量、顽强和包容去斟满幸福的美酒。迄今为止巴西、法国等还未给我们展示那最迷人的部位，但世界杯，你已让我意醉神迷，我在等待着决赛高潮的到来。每一轮的比赛像一次次的激情推动让我难以自已，我要放出我的呻吟，用一杯杯啤酒洗刷过往的烦恼，把激情留到最后一脚的射门。让我们与世界杯、与巴西队和决赛一块到达高潮！

世界杯总要过去，一如烟花散尽。我的快乐，属于今夜！

从 容 面 对

　　不是我不明白，这世界变化快——崔健 20 年前的校园摇滚歌还萦绕在耳，要说变化明显的，就是在中国出现了一个新的阶层——中产阶级的白领。这个阶层人群的增长壮大，是社会进步稳定的标志。但也有人认为中产阶级的生活是最无聊的生活，就像一个既定程序——打工、挣钱、周末拼命消费，担心房子、汽车、医疗保险、纳税，追求品牌、追求时尚，手头有点积蓄就投入到股市里，每日上班盯着 K 线图，情绪随股涨落。这个群体的浮躁氛围左右上下，弥散到社会空气中，挤兑闲适和淡定的日子。

　　三十多年前，每一个中国人一辈子可能就在一个单位从业，婚姻上一辈子不会有任何变动，一辈子就住在一个大杂院里。而今，有太多的诱惑和选择，带来变化，也带来了迷惑。我们已经丧失了从容面对的能力，我们竟然抛弃了优雅生活的心态。

　　这样的心境下，你还能有欧阳修的《浪淘沙》"把酒祝东风，且共从容"的洒脱吗？你还有陶渊明的"采菊东篱下，悠然见南山"的恬然吗？

　　从容心境与环境的变化没有必然的联系，这更像是人的一种素养，一种对外界压力的忍耐程度。现代人的生活压力骤增不仅是社会竞争形成的，还因为人们的承受能力较为欠缺，趋众性和攀比性则是造成欠缺的重要原因之一。许多人并不清楚自己需要什么，需求的虚假和盲目，耗费了大量精力，也遮蔽了自己真实的需要，无端增添了竞争的压力。于丹说：对于当下的人来讲，我们的痛苦不是没有选择，而是选择太多，这也是孔子所谓的过犹不及。智者不惑，当世界面临众多的抉择，你可以这样走，也可以那样走的时候，就要看你这个心字底托得是不是足够大。如果你心中有判断，有定力，你就不至于被世界上诸多的选择压垮。

股民数量众多，股市一旦异常波动，就有不少股民情绪跟着冲动，愤懑的，焦躁的，抓狂的，痛苦的，悲观的，人生百态，皆为股狂。但我看到一个女股民的从容态度，她说，我只放些闲钱在股市里，无须我成日里这么盯着，每天我都过得很充实——学拉丁舞，学习证券知识，看看小资情调的书籍报刊，去会所练练瑜伽，去超市购物，去菜市场逛逛，和朋友喝茶聊天，有心情的话再为家人做一顿美味的晚餐……太多的东西需要我去做。不要为一件事羁绊住自己的脚步，该干什么就干什么去，这种感觉真的很好！

也许你只是一粒沙粒，可以去仰慕山之巍峨，但无须自惭形秽；也许你只是小草一棵，可以羡慕树之伟岸，但不可垂头丧气；也许你只是一点雨滴，你可以感叹海之博大，但不可低眉叹息。无论你是谁，你都可以哲学地生活着，优雅从容面对一切。从容是平凡者的自由、乐观、气度和追求，它是一种心境，一种平淡中应有的坦然。拥有从容，我们就不会心灰气馁，在错过春天后，又荒芜了夏天；拥有从容，我们就不会戚戚于贫贱，在失去今天后，又放弃了明天；拥有从容，我们才会放宽心思，欣赏生命，品尝生活的真味，活出自己的精彩。

君子淡定且从容，航天遨海笑穷通。当我们跋涉于人生的旅途时，以一种顺应自然的心去从容面对，你就会拥有哲学家的那种自由和优雅的生活。

天真面对

对于世事洞察、人情练达等一系列成人褒义的话语来说，天真的评语多少让人听了有点难过，那是和幼稚不得体、不通事理、不识时务等同的一个现代生活中的失败者的词汇。我没有考究过天真具体什么时候开始进入这么一种尴尬状态。人们可能越来越难以理解天真了。随着物质的丰富和社会的进步，最重要的是人的成人化发展，天真离我们越来越远了！理解也好，不理解也罢，这一现实在我们身边的人事中越来越多得以证实。

善于谋划和呕心沥血是构筑起人生的坐标线的经和纬，在无数的精英人士的成功之道中，没有天真二字。

按进化论的说法，人类所必需的能力和品性自然会遗传下去，而不利其生存的地方就会被淘汰。那么，天真便是人类即将要抛弃的品性吗？将天真视为混沌未凿、个体无力对抗社会风险能力的黄口小儿形象，那么谁还敢在生活中去天真面对？对于天真，最妙的阐释是一个孩子为"天真"造的句子，曰："今天真热。"连孩子造句都罔顾了天真的本意。

天真在当下的尴尬是现代人处境尴尬的一种解读。天真本来是指心地单纯，性情率真，不做作，不虚饰，是一种上帝赋予人的美好的天性。天真的人，无谎言被揭开后的尴尬，无面具被戳穿后的丑态，无虚与委蛇的疲惫；天真的人，无道貌岸然的可鄙，无城府在胸的可怕，无口是心非的可憎！但是，人们生存竞争的淘汰规则无情鞭笞着天真，于是人改变了原来的面目，有了心计和谋略，变得成熟老练、圆滑世故、巧言令色，为了些许的蝇头小利、蜗角虚名而巧设机关，暗布陷阱，欺上瞒下，谋取私利。天真的你变得老成持重，变得壁垒森严，变得忧心忡忡，不得不处处为自己的心灵设防，为自己的面具加锁，身不由己，言不由衷，力不从心。

现在人常挂在嘴边的一句话是："好累啊！"这种累更多的是失去天真品性的处心积虑、费尽心机的累。

天真，从哲学上说是归属自然的，绝不是仅属于人之所有，它是生命的自体，并产生于广大不可知的宇宙世界里。在动物种群中你可以观察到，越是悠然的环境里，天真的情趣越是布满了山川和丛林，动物世界展现出一幅"诗意地栖居"的自然和谐的景象，是那么打动着你；然而，一旦出现猎物或者强敌的气味，它们的目光就急速凝聚，身上的鬃毛紧张地耸立，全身的肌肉也会绷紧隆起，瞬间转为了战士。但动物种群和人不同的地方是，当生存的威胁过去以后，它天性中的那份"真"即刻恢复，"真"由"天出"，如余光中先生说的那样"破空而来，绝尘而去"，得乎天性，非关技巧。也正因为它是一种契合了自然的生态循环法则，所以动物通透一切原因，而成为使生命自体得以天然呈现者。

那么在人类的族群中有哪些人可以天真面对着我们？环顾左右，我们会发现越是原始的部落里的少数民族他们所保持的纯真的元素会越多些，无论是和你跳锅庄舞还是请你喝酥油茶，迎向你的脸上呈现出来的微笑就是他们内心的微笑，一点不做作，不矫情。再者可能就是些诗人和艺术家了，他们所流露出来的话语的色彩总是和世俗的集体主义的话语相游离，他们崇尚单纯和天然，"爱和恨都不掩饰"，和俗世的价值观念相抵牾，敏感地咀嚼着心灵中的小小悲欢，而不去理会现有的习俗、传统和权威。普希金、莱蒙托夫、雪莱、拜伦、徐志摩、蔡其矫……他们从本质上讲都是"孩子",是不愿长大的孩子,是诗神缪斯护卫的孩子。诗人蔡其矫在 80 岁高龄时还会写爱情诗,不但如此,还将他一生中爱过的故事火一般地抖在世人的面前,可以"为了一次快乐的亲吻,不惜跌得粉身碎骨"。

天真是人性纯度的一种标志,是对生命最初的追溯和皈依。就如在钢筋水泥的丛林里,你一定会向往着森林和河流一般;在钩心斗角、尔虞我诈的岁月中,你心驰神往的一定是还有一颗天真不受礼俗拘束保其处子的原心。南宋词人赵长卿很得天真趣味,他在一首词里写:"无非无是。好个闲居士。衣食不求人,又识得、三文两字。不贪不伪,一味乐天真,三径里。四时花,随分堪游戏。学些沓拖,也似没意志。诗酒度流年,熟谙得、无争三昧。风波歧路,成败霎时间,你富贵。你荣华,我自关门睡。"这是一种天真享受,但也并非每人都能修来。有位美女总编和我谈起当代中国男人时,用了两个字评价:"无趣!"她说身边的男人有三好:一好喝酒,二好发无聊短信,三热衷于搞关系,概莫能外,忙得都没有时间站在自家的阳台上看看周围的花草,仰望头上的星空了。

对于成人来说,返璞归真是这阶段最向往的追求,这时思想的深邃和沉重已经被超然的取世态度代替,越是老道的大师越是不会为难读者,就如曾经是谜一样的博尔赫斯也说,到了老年,他只喜欢写些朴实的故事。所谓真人,就是很近天真的原生态的人吧!庄子《渔父》中说的:"礼者,世俗之所为也;真者,所以受于天也,自然不可易也。故圣人法天贵真,不拘于俗。"鲁迅曾经摘译过岛崎藤村《从浅草中来》中的一句话:"我希望常存单纯之心;并且要深昧这复杂的人世间。"正是有了这颗单纯之心,鲁迅看透了人世之后,他的心不会冷下来,还是那么温热和敏感。他的那些杂文往往有一股温热透过纸背,抵达读者的心灵。萧红曾回忆说:"鲁迅先生的笑声是朗朗的,是从心里的欢喜,若有人说了什么可笑的话,鲁迅先生笑得连烟卷都拿不住了，常常是笑得咳嗽起来。"突然读到这段文字时，不由得不怦然心动，悠然神往。能够这样开怀大笑的人，一定有颗天真的心。能够看到这样天真的笑容，是件多么快乐的事情！

天真面对是一种心灵的姿态，多一些天真世界就会少一些伪装，多一些天真人心就会少一些险恶。天真是一片绿地，天真是一种修为，天真是一处希望——天真深蕴着人类正义和良知。天真的可贵在于她的至纯至真，天真的美丽在于她的无矫无饰！

天真其实就是天人合一的情状，天真的人无论有多大总还是会回到生命的起点。天真其实就是去伪存真，朴实无华。于是我又想起另一个孩子是这样造句的：

"今天真好！"

简 单 面 对

时光之箭疾疾驰来，一下射中 2008 年的日历牌。

12 月时令好，日子走得特别快，遇到的几个都是适合户外活动的节日，人们愿意涌入大街、星级酒店，时间都铺到了街面上。不像春节，年夜饭大多数人还是在家里吃，街道就显得特别冷清。在圣诞和新年的狂欢中，纠缠有多少商业和欲望的抒情。酒吧茶肆，迪厅餐馆，人们呼朋引类出没在灯红酒绿间，享受隆冬的浮华盛宴，这种峻急激烈的岁末情怀让我感觉到像是夕阳斜晖下林中鸦雀的聒噪。于是，今年我推却了圣诞大餐的邀约，选择和一位挚友到城边一家不起眼的日式餐馆，点一小壶清酒，一盘生鱼片，将自己隐入这清静淡雅的小酒居里。

突然觉得这种选择真好，即便是个重要的节日，简单面对却带给我别有一番滋味在心头的感觉。我的人生节奏好像在这里突然停顿了一下，有了些许顿挫的恍惚。

这种感觉让我十分惬意。

原来幸福就这么简单，不需要华贵的物品，尊崇的待遇，精美的言辞；只要和喜欢的人在一起，简约去许多无谓的应酬，放下繁杂的心情，摆脱苦恼的事务，心中变得清爽宁静起来，许多感悟就会在这时油然升起。这让我对简单面对的内涵有了更深刻的认识。

现代社会似乎将人们的生活空间撑得越来越满了，人们忙着追求新奇、热腾、富裕的生活的时候，却忽略了生命最基本的渴求——简单、宁静、温柔、祥和的生活。其实这个世界上很多事情原本是很简单的，是我们自己把它弄得太复杂，这就是我们的生活总有许多不如意的根源。而今已经越来越多的人认识到，幸福原来可以这样简单的！简单已经作为21世纪新的生活时尚，正开始贯穿于欧美国家人们的日常家居生活中，并越来越使他们的生活安排得健康纯净、简朴有序。而在中国，对"洋节日"的崇尚一点不输于基督教的国家，许多的人还是愿意沉湎于奢华与狂热消费中。

现实生活中如何才能很好地简单面对呢？"简单生活"的倡导者、被誉为"21世纪新生活的导师"的珍妮特·吕尔斯认为，简单面对并不意味着只会沦为清苦与贫困，"它是人们深思熟虑后选择的生活，是一种表现真实自我的生活，是一种丰富、健康、平凡、和谐、悠闲的生活，是一种让自然沐浴身心、在静与动之间寻求平衡的生活，是一种无私、无畏、超凡脱俗的崇高生活。"简单面对，就是让你找到属于人天性中最自然最适应的位置，一种时尚轻松不麻烦的方式，一种质朴的、原生态的、充满灵性的生活。你可以做自己想做的事，闲适从容快乐地为所欲为。简单面对不需要有什么太多的科技含量，只是对自身、对社会、对环境保持最服帖的距离，最温暖的状态，最优雅的姿势。

丰富是一种美，然而简单却蕴含着别样的风景，简单是繁复人生路上的别样情怀。犹如燕瘦环肥，各有风采。简单不是单调，单调是一种枯燥的重复，简单是摒弃复杂，还原生活本质，在最单纯的时间里完成了最简单实在的事情。简单体现了效率。简单不是无为，其实很多成功人士的生活也很简单，也不过是"一箪食一瓢饮，在陋巷"，如印尼华侨林绍良先生喜欢喝地瓜粥，香港首富李嘉诚先生，据说他的午餐也只是在写字楼里吃炒粉青菜汤。简单体现了精神。简单不是空虚，而是对空虚无聊的放弃，回到更为实在本真的生活中来。简单体现了快乐。简单面对制造了一个轻松自由的空间，使心灵更加充实。

聪明的人将复杂问题简单化，游刃有余，从容利索；颟顸者则是把原本简单的事搞成一团乱麻，"剪不断，理还乱"，徒生闲愁！

随波逐流、相互攀比你就无法让自己简单面对。拿出自己简单的心情交流、沟通、做事，那么事情就会变得简单；拿着自己复杂的心态猜疑、避讳、推诿，那么事情只能变得复杂。人善待自己的方式不是锦衣玉食，而是和自己喜欢的人在一起，做自己喜欢的事情。坚持你自己的生活，寻找属于你自己的精彩。简单地说，快乐才是硬道理，越是繁复让人闹心的事越多，快乐就会少了许多；简单一些，快乐一些，人的一生中能让你萦绕于心的往往是这些淡而有味的简单的日子。当所有的人都涌入罗马大道时，你选择走独木桥，你也许会获取别人所没有的那种快乐！

有人说，简单并快乐着，是智者；快乐并简单着，是仁心。

我说，简单面对是人到中年之际的最佳馈赠品，那些惊天动地的爱和翻江倒海的恨都成过眼云烟。简单面对，让我们耳边有春风，眼里有星辰，心依然唱着年轻的歌。

温暖的细节

有一个朋友告诉我这样一件事：一次她在自家楼下的百货商店前看见有个小偷从一个陌生人的口袋里夹走了皮夹子，正要叫喊，坐在旁边的看车人向她摆了摆手势，示意她不要声张。她愣在那儿不知所措。待小偷溜走，她诧异地问看车老人，为什么不让她喊叫？老人对她说："这些小偷天天都在这里扒窃，他们是个团伙，你被他们认出以后麻烦就会不断。我也不敢叫，否则我在这儿就没办法看车下去了！"老人知道她就住在百货商店的楼上公寓里，怕她吃亏，善意地提醒她，说这件事时话语透着无奈。老人的善意提醒并没有让她的心底有丝毫的温暖的感觉，相反，她觉得一阵阵的悲凉涌上了心头。

类似这样的故事经常会在城市里出现。诸如某个人扶起一位跌倒在地的老人，结果被人敲诈走几千元的医疗费用；假装从灾区来募捐的农民，带着不知从哪儿拐骗的孩子在街中心乞讨；冒充某个寺庙里来城市化缘的僧人和尚，从老人手中骗走了他们一整个月的退休金……

就这些细碎的事件成为城市人茶余饭后的谈资，使得城市的感官变得十分钝锉。

很长的一段时间里我内心所有的积郁，在生硬的城市里的彷徨，使自己的感觉像是长起了老茧，逐渐发麻发木的体细胞开始对周围的一切都特别冷漠和排斥，像用铁甲隔离了一切柔软的事物。心里和城市有了距离，不再关心路人、邻居和所有与我不相干的事情。我把善良和热诚都收藏起来，而对城市的敌意也开始产生！

然而，有件小事改变了我对城市的看法。

那是一条通往我家的必经之路，我已经走了无数遍了，去年因为拆迁盖新的楼盘，那条路被大车碾得留下许许多多的坑洼，一到雨天，路面上尽是脸盆大的水坑，一不小心就会踩到那坑里。如果是台风天情况会更糟，雨下大的时候，在路面上会积上许多水，最多可以淹到人的膝盖以上。可是不知什么原因，这座楼盘成了烂尾楼，施工不见进展，所有的狼藉的路面就这样被搁置在那儿无人管理。

那是初夏的一天，在一场冰雹雨过后，那条路上又积起一尺多高的水洼。

傍晚下班时分，我从单位回家，走上那条路时，天已经黑了下来。路灯影影绰绰的，还显得幽暗，水洼的地方泛着白光。我小心翼翼地挽起裤腿准备趟过去，心情不是太痛快，嘴里正要抱怨什么，突然，有一个声音传来："先生稍等一下，前面有几处的水坑很深，你按我手电打出的方向走就对了。"

我侧身看去，在我左边的二楼阳台上，一个四十岁左右的男子坐在轮椅上，急匆匆地打开手中的电筒，看到我走到路边就叫起来："那地方不能走，坑很深，你还是走路中央凸起的地方吧！"

我抬头对他感激地笑了笑。这时我才看清他的面庞，清瘦的脸，头发稀疏，一双大而亮的眼睛透着焦虑和担忧。特别让我吃惊的是，他竟然是个残疾人，他的双腿只剩下腿根部，一只手撑着轮子，另一只手将电筒伸出阳台的栏杆，艰难地照着路面。

电筒的光柱照射在路面上，把水洼和路面分割得十分清晰，哪怕被淹没的地方，只要照他指示的位置走，那水也没不过脚踝处。

很快就过了那段路。我回头，看他对我摆了摆手，脸上绽放出了欣慰的笑容。我喊了声"谢谢"，转身要走，又听到他对我的背影叫道："前面还是要走到路中央，这条路边上有许多坑的！"

我不禁又回过了头去，看他还在阳台上，正为下一位行者指示着道路，那电筒的光柱从他的手中射出来，像灯塔一般温暖和明亮。

　　不久以后，那条路被路政人员修复了，哪怕再遇大雨也不再有积水，我也不再有回家时路过这儿的尴尬。可是每次经过那里，我都会不经意地抬起头朝二楼的那家阳台望去，耳边还会响起他那关切而清亮的声音。奇怪的是从路修复后我再也没有看见他。下班回家大都是华灯初上、万家灯火时，我看到他们家的窗里透出橘黄的灯光，虽然不十分明亮，却让我感到很亲切。至今为止我不知道他姓什么名什么，可是那次平常的一点关心，却让我一直温暖到今天。

记忆中的昙花

最能用来诠释美的生命的短暂的是昙花。它是一种瞬间艺术，在丝帷的开阖间即生即死。动静之时，芳华尽现，稍纵即逝。

在你给我讲述的故事中，最让我感动的也是关于昙花的故事："很久很久以前昙花仙子是天上的花神，一年四季开着洁白淡雅的花。神仙是不能有爱情的，可是她却爱上了给他锄草浇水的小伙子韦陀。于是，玉皇大帝将她贬下凡尘，罚她一生只能花开一瞬间，还将韦陀送到灵鹫山出家。痴心的昙花仙子知道韦陀每年初夏都要上山采集朝露，就把开花的时间选在午夜凝露的那一刻，企盼能再见韦陀一面。年复一年，花开又谢，韦陀始终没有出现……"

那时你还小，住在仙游老家，热爱昙花的父亲围着院子种植了一圈的昙花，入夏以后那枝蔓就日见生长开来，你总是迫不及待地期望看到花开，可是那花却不解你的心情，迟迟地不露出苞来。待到花枝上长出了和你小拳头一般大小的花苞来时，你等待的心情更加焦急了，总怕错过开花的时节，天天晚上待到很晚还不肯入睡。然而，端午前的一天，待到你心疲力乏失去了耐心睡去时，蒙蒙眬眬中被父亲惊奇的叫声喊醒过来，你赶紧揉揉惺忪的睡眼出来，看到院子里点满了烛光，父亲眼中的眸子也在闪闪发亮，母亲却显得平静许多，默默地为你们准备冰糖银耳汤。你和妹妹屏着呼吸，踮起脚跟，瞪大双眼看着昙花开放。烛火摇曳，温暖动人地照着昙花。只见它花筒慢慢翘起，绛紫色的外衣慢慢打开，然后由二十多片花瓣组成的、洁白如雪的大花朵就开放了。开放时花瓣和花蕊都在颤动着，还可以听到花开的"哔噗"声。可是过了不久，花冠闭合，花朵随即就凋谢了。

你失望地问父亲："这花怎么开得这么短暂？"

父亲回答说："很多美好的东西都很短暂，正因为如此你才会去久久地等待着它的到来。孩子，你要学会在你未来的生活里去寂寞坚守你想得到的那一美丽的瞬间！"

后来你和父亲移居到省城来了，你再也没看到满园昙花依次开放的胜景，但父亲还是会在阳台上种植一盆昙花。几乎每次花开，父亲都会打电话通知你，明知道你是没有时间回去看午夜昙花开的，但他总还是热热切切地要告诉你这个消息，第二天还会再打一次电话告诉你昨天的花事。父亲对昙花喜爱的心情你完全能从电话里感觉得到。若不是那年因为糖尿病并发症发作，父亲离你而去，那昙花肯定会一直繁盛下去的。

一直对昙花感觉平淡的母亲在父亲去世后开始精心护养起昙花来。但不知怎么母亲种的昙花就不如父亲种植的那么繁茂，每年端午前后都会开花，花骨朵却没有父亲种的那么大、那么鲜艳，色泽还有些枯白。而今，每当看到昙花开放，你的心里总是比过去多了一些全然不同的感受，那是一种无法抹去的疼痛，是对你父亲的思念；那些纯美的花儿，让你常常辛酸地惦记起孤独而顽强活着的母亲。你知道，昙花曾经是父母晚年共同的乐趣！

昙花，在夜幕下悄悄地、匆匆地开放了，纯白如雪，瞬间焕发，一时灿烂，美尽芳谢。花的开谢让我们油然升起生命无常、人生短促的觉醒，花的开放也可以让我们体会生命的美好与人生快乐的际遇。花开花谢是一个过程，人也有个生命荣枯的过程，这是生命的真实。纵使寂寞一季也要赢得一个透彻的美，即便最终落叶残英，也无怨悔。

今夜，你可曾记起父亲说的"孩子，你要学会在你未来的生活里去寂寞坚守你想得到的那一美丽的瞬间"？昙花是否又在寂静地为你开放？你生命中可曾也有一个韦陀会来看你，手里捧着一束昙花，嘴里唱着许美静的歌？

> 一睁眼就做梦到天黑
> 合上眼感觉阳光强烈
> 每一座皇宫都有阴暗世界
> 你不是英雄夜夜笙歌
> 我不过寂寞爱上鱼饵
> 忘了深海珊瑚比霓虹快乐
> 只要一口甜蜜的滋味
> 可以忘了你是我是谁
> 像是月光将枯井灌醉
> 或是昙花一现
> 今夜绽放明天的毁灭
> 是注定堕落的白雪
> 选择在你脸颊上融解
> 渴望刹那温热的安慰
> 容许你的呼吸我的呼吸
> 在空气中纠结

求 得 平 实

在城市中生活，生命容易在纷纷扰扰中点点耗尽。好在我的居舍还有点宁静，有点乡野的气息。关上柴门，就可以把城市的霓虹灯、广告牌和汽车排泄的废气和车鸣声排出。小巷深处逼仄的宁静恰好和外界繁华宽阔的拥挤形成对比，使我返家的时候常常会有进入村庄的错觉。

小巷之外，每日奔忙着商业形态的工作，体现竞争与效率的现代精神；而归家之时，打开桌前的橘黄灯光，情绪就被淡淡地笼罩在方砚之内，想那么艺术地说点什么，写点什么。

我喜欢这个居舍，喜欢它带给我的这份宁静与单纯。

我喜欢这方方的小院，那石阶总是湿漉漉的，即便是在最闷热的酷暑，我也会感到由那石缝青绿的苔面上传来的阵阵凉意。

我喜欢方院中的天井，承接着风和露水，尤其是天井中有两棵正逐渐长大的树，一棵是木樨树，长年开着芬芳的小花，一棵是杧果树，叶片繁茂，努力挡住城市建筑群的倒影。我原有的一位邻居说得好：这树一棵象征精神，一棵象征物质；一棵是现实主义的，一棵是罗曼蒂克的。不管怎样，它们都极有风度地招来满树的轻风、鸟鸣，令我如置田园之中。

我还喜欢那斑驳的土墙。土木构架的房子已久未修缮，中华人民共和国成立后刷上去的石灰一块块剥脱下来，露出那黄土的骸体。妻子劝我让单位来修修，可我却盼着那片墙上所有的石灰尽快脱尽，还它原来真实古朴的面貌。

我还喜欢那屋上的陈砖旧瓦，那开始腐朽的屋檐。每逢梅雨季节，檐前漏雨淅淅沥沥，顺着墙根往下流，院落里便会轻轻浮动一层霉味，好嗅极了，令思绪直奔童年蚕儿破茧的岁月。

然而，我更喜欢这院里院外的小巷风情、人情，那回荡的叫卖声、打更声、庙堂的念经声、吆喝吵闹声，甚至那妇人们附在耳畔窃窃私语、张长李短的神秘情态。

我喜欢。

这份人生，平常人平常生活，他们的荣誉感、小满足、大悲伤、挫败感、豪气、市民气、英雄主义……这就是生活。因为这些代表着大多数，像你、像我、像他一样，即使有过英雄壮举的行为，但也要回到这本来就有的生活中。这生活同样充满真谛。

求得平实，是我渐近中年的心态。

平实中有单纯：可歌可泣的事发生过很多，但世间万物，繁华褪去，就像一树繁叶落尽，留下铜枝铁干，这种单纯是生活中的傲骨。

平实中有清冷：热热闹闹熙熙攘攘，在各种潮流与时髦浮沉，但潮起潮落，多少壮士望空长叹，饮恨商场，就像落定的硝烟败走的沙场，一弯冷月静照战袍和尸骨。

平实中有苦味：万丈红尘找个人来爱我——这是一首歌词，但爱情的呐喊在钞票声中显得多么嘶哑无力。平实就如一杯苦茶，越喝越沉静，越喝越清醒。

平实中有腴润，平实也囊括生命辩证的二元形态，丰满，有张力，有弹性。平实就是一种哲学。

平实中还有高远清雅、浑融清澈的人生感悟。平实会使我们不会伪饰，脱尽虚荣，耳清目明，恬适而努力，从容而有序。

平实使我们和大众融为一体，更接近自然和生活，与世界万物拉近距离。平实就是一种精神导师，它引你以最本质的形态，导向纯洁与自然。

平实的生活才是最真实的生活。

第三辑

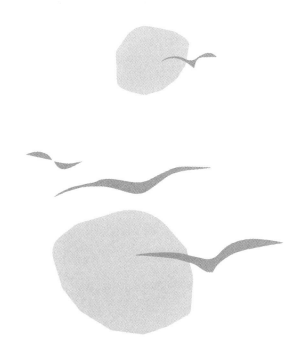

在我看来，人类历史真有什么进步的话，能够确证的只有两点：生态的文明和谐与心灵的自由和美。但人类在漫长的发展进程中往往忽略这两点，过分地掠夺和破坏环境以及物质对精神的压迫造成人的异化扭曲。

英 雄 问 天

浩瀚夜空，遥远的角落，挂着一颗蓝蓝的星球，缓缓地转动……

如梦如幻的太空带给人类无尽的遐思。自古以来中国人渴望遨游太空的梦想就从未间断过，有嫦娥奔月的故事，有牛郎织女的传说，而神秘的敦煌壁画上，早就孕育了我们先祖对太空的无尽憧憬，那"飞天"仙女飘逸的衣袖间洒落的花朵化作灿烂星辰，寄寓着人类最早探求天体的美丽幻想。

101

从加加林第一次太空飞行到阿姆斯特朗登月成功，从航天飞机横空出世到多种空间站问鼎苍穹，人类在四十多年间已进行了 240 次的载人飞行。重启中国人飞天梦想的时间是 1992 年，11 年后，2003 年10 月 15 日，中国太空第一人杨利伟一句再随便不过的"明天见"，掀开了中国载人航天的序幕。杨利伟在太空中围绕地球飞行 14 圈，经过 21 小时 23 分、60 万公里的安全飞行后，于 16 日 6 时 23 分在内蒙古主着陆场成功着陆返回，实现了中国人千年的"飞天"之梦，同时也昭示着中国正式跻身世界宇航大国行列。

杨利伟在太空中逶迤，回答家人"我看到美丽的家了"。这是朴实的眼睛和朴实的心灵在说话，他心里装的不仅是他自己的温馨小家，更是中国这个大家庭和全人类所居住的大世界。星云缥缈，天体深邃，身在其中对生命和地球也别有一番距离美的感慨。1985 年 4 月29 日至 5 月 6 日，乘"挑战者号"航天飞机第一位进入太空的美国华裔宇航员王赣俊也有同样的感受，他谈到在太空里看地球的感觉时说："这次登空让我胸怀敞开了，想的东西远了一些。站在这个角度看地球就会忍不住想，人类为什么要有战争、有冲突？如果没有这个美丽的星球，我们每个人都不会有机会发展，所以我们真的应该好好保护它。"

杨利伟之所以成为英雄，不仅仅在于他完美地完成了环绕地球21个小时的太空飞行，还有他为中国与人类航天事业献身的凌云壮志，敢于挑战人类极限的勇气和精神。杨利伟在太空中神态自若地展示中华人民共和国五星红旗和联合国的旗帜，从容地告诉地面人员他"感觉良好"。他完成了中国"飞天"第一人的角色塑造，自信而坚毅地谱写着世界航天史上的中国篇章。古人说："夫英雄者，胸怀大志，腹有良谋，有包藏宇宙之机，吞吐天地之志。"中国第一代宇航员和宇航专家今天所做的，不就是"包藏宇宙""吞吐天地"的壮丽事业吗！

酒泉卫星发射中心航天公寓有个诗意的名字叫"问天阁"，英雄问天的身后有多少人在一起发力成就他的历史功勋！19世纪俄国人、航天理论奠基人齐奥尔科夫斯基有一句名言："地球是人类的摇篮，但人类决不能永远躺在这个摇篮里面。"从屈原的"天问"到今天英雄的"问天"，路漫漫其修远兮，人类的不懈努力，顽强、无畏、冒险，也许可以从这里得到最好的诠释。

智者不乱

"非典"肆虐初始，不明病因的诡谲和一批救护者竟无法自救，纷纷被击倒，再加上资讯未能畅达，造成社会众生一时心理恐慌，让人感觉到生命的弱小和无助。"健康还是病痛""生存还是死亡"这人类永恒的问题又摆在了面前。有人试图掩盖真相，延误了疾病控制的最好时机；有人散布虚假病情，讹言惑众，扰乱民心；还有人借机制假售假，囤积居奇，哄抬物价，发灾难财。对于病痛和死亡的规避是人类与生俱来的本能反应，但若不加以控制和引导，就可能演变成群体性的过度反应，造成一场公共危机。

中华民族几千年来历经无数危难，能够愈挫愈强，靠的就是强大的国家和民族观念。危机面前的选择，所诉求的不仅是知性，更是德性和智性。若是抗灾的动因出自人们的惧怕心理，无疑将本能释放为条件反射，不可能形成强大的力量，筑就征服的堤防，同样也无法摆脱无知和迷信，让脆弱的灵魂在绿豆汤和鞭炮声中寻求救护的庇所。

就理性社会的道德责任而言，更期望是经由明智的思维活动而产生的社会行为。我们不能怨天尤人，互相指责，更不能让"非典"吓死。必须迅速地凝聚起一股团结的力量，众志成城的决心，危难兴邦的信念。政府建立起高效率、高信誉的政策运作机制，在第一时间内聚集起全国各个组织机构，对医疗、校园、交通运输、出入境关卡及所有疫情蔓延的空间进行病毒围堵工作；又通过建立公共社会的互助精神，高度合作的社会成员之间的诚信服务，在为己为人的求存意识之下，以责任感和宽容心响应政府的号召投入到抗灾斗争中。

历史也许就是这样残酷无情，并没有给人们更多的捷报和奇迹。短短的两个多月，潜艇失事、新疆地震、煤矿爆炸、山体滑坡和突如其来的"非典"灾难，确实印证了那句老话："艰难困苦，玉汝于成。"对于刚履新的党政领导，突发的危难，既是一场考验，也是一次历练。国家领导人多次亲临疫情第一线，在短期内制定出一套相关法律法规，建立起抗击疫情公共卫生体系，并要求各地公开透明准确提供每日疫情报告，以开放的姿态与世界卫生组织和各国通力合作。对漏报、瞒报、缓报疫情者予以处理，让世界看到中国政府是负责任的政府，也平息了海外媒体一度掀起的"隔离中国"的浪潮，重塑了中国新领导人与时俱进、执政为民的形象。"非典"无疑是个坏东西，但在这场战役中我们也赢得了收获，其中政府思维模式和治理方式的改变，昭示着政府理性的新的崛起。

疫情逐渐被遏制，人心逐渐趋于平静，戴口罩的渐渐少了，北京的交通又开始拥挤和堵塞起来，相比较前一段的"门前冷落车马稀"的状况，央视记者白岩松不禁感叹道：这特殊时期的堵车感觉真好！公民们经历了这么一场疫事，心态更成熟了，也更理性了。民众和政府的心也因为这场疫情而连得更紧，民众更为理解政府面对时局和大任所采取的各项措施，体会他们执政环境的压力，对执政者也多了一份感同身受的支持。不论前面有多少的艰难险阻，我们都会怀抱着一颗感恩的心，感谢苦难让我们迸发出智性的力量抵制所有灾害，也感谢苦难给了我们一个能够反省的机会，去创造中华大地清纯的净地，让我们的子孙们更无拘束地开放身心去充盈生命！正如文化名人余秋雨在他为《共抗非典》所写的歌词中说的那样："谁也不想预约灾祸。如果它不期而至，我们却也懂得：人类的自助，大半来自危急，人类的高贵，大半来自灾难。当一切很快过去，回过头来会发现，我们跨出了很大的一步！智者不乱，仁者无惧。"

禁忌与宽容

我童年生活的小镇叫七步，福州往东两百多公里，是飞珠溅玉、气势磅礴的九龙漈风景区的上游。村口有五棵老杉树，每棵要三到五人才能合抱，树龄据说在 500 年以上，枝干依然挺拔苍劲，直刺云天。簇拥它的是一片三亩见方的杂树丛。

这片丛林和那突兀拔起的云杉像一个用树冠和跳动的光线构筑起来的大教堂，特别是下雨和宁静的午后，那是我童年生活的乐园。孩子对世界的认识天然具备游戏的特质，就在这里漫卷了我少时伙伴心灵的春风秋雨。我们欣然跃动时树也摇曳多姿，我们沉思静默时树也默默无语，我们对树而歌时树也和拍谐韵，人与树俨然化为一体。那时候，这个贫瘠的山村四周都是光秃秃的山，村民们很多是以砍柴火烧木炭为生，杯口粗的灌木已然绝迹。可和我家近在咫尺的地方却留下如此翁郁葱茏的去处。能将自然的净地保留这么完好，完全是因为种种关于它们的神秘传说。我看到其中一棵云杉的根茎处有一处被大斧凿过的豁口，老辈人告诉我说，那是中华人民共和国成立初修公路到这儿，有人想砍去这几棵大树，结果大斧落处雷鸣电闪，树的伤口处流出了鲜红的液汁来，伐木工的手颤抖了，当晚，伐木工暴毙于一种怪病。这传说极具威慑力，以至于没有胆大妄为者敢触犯这几棵"神树"和这片林。

后来我走过了许多地方，发现许多村庄都有一些保留下来的老树

105

或树林，而不无例外地每棵树的背后都有一些神秘的传说，也正是这种传说的禁忌，静静地、完整地、虔诚地守护着自然和人类的希望。

如果说地球是个有机体，人、树和野生动物都是它的器官，每一物种的存在都各具特色，那么人就不应该自诩为"宇宙的精华，万物的灵长"。人想将自己创造成一个天神，其结果只能是一种僭妄，人也不过是与其他物种一样平等、亲善、和谐地共享这个美丽地球的一分子罢了。可是千百年来，人类在对大自然的态度上却是乏善可陈。对纳粹深恶痛绝的犹太作家以萨·辛格说："就人类对其他动物的行为而言，人人都是纳粹。"洪涝、瘟疫、干旱、沙尘暴等众多的灾难都证实了这一点：人类每一次对大自然的征服业绩有多大，大自然感知并予以的报复就有多大。

人应该是有所敬畏的，现代人应该学习印第安人的节制和对自然的宽容相处的态度，只索取生存所必需的，感谢大自然的恩赐，同时也回报大自然。温德尔·贝里说过："为了生活，我们必定使造物破碎流血。如果这么做时我们本身慈爱、明智、恭谨和熟练，那就是神圣。要是我们这么做时我们本身贪婪、笨拙、愚昧和残忍，那就是亵渎。"现代信仰与技术文明如果是建立在对资源、自然和其他动物的无限制掠夺和屠戮上，人类总有一天也会将自己送上祭台。禁忌是对破坏的戒律，而宽容则是对生命的敬重与尊严的塑造。阿尔伯特·爱因斯坦恳求我们，把爱的范围扩大到"所有生灵以及整个美丽的大自然"。

话说 "发嗲"

中国古代的模范婚姻标准可用八字概括："举案齐眉，白头偕老。"对女性的要求就是端庄、贤淑、相夫教子、行不动裙、笑不露齿。因而，像薛宝钗这样的女性是卫道士眼中的"精品"。

古典美学往往将那些娇纵洒脱、柔媚销魂的女人打入另册，并众起攻讦，如"狐狸精""骚货""荡妇"等骂名会劈头盖脸地朝她们砸去。故而女人想流露一下本性只能在闺中、帘幕重锁之处。在人前，包括家庭中的其他成员面前，这种"嗲"劲可万万使不得。

其实"嗲"不是"贱"，"贱"是没了骨头，见了男人就往怀里送。"嗲"对自己最亲近的男人而发，是风情意趣，是枯燥的家务生活的润滑剂。

我插队时的农村，每当看到电影上男女拥抱亲吻的镜头，场内就响起女人们嗤嗤的笑声，而一些男人就吹口哨、起哄。他们上一辈人中有的同床了一辈子，夫妻之间从没说过"爱"这个词。有一晚，村头名叫王贵的老汉喝得半醉回家，也抱着床上的老伴"啃"，学着电影上那副样儿，被老婆叱一声"老鬼"从床上踢了下来。不晓得这事怎么透了出去，第二天全村人都在笑话王老汉，羞得他半个月抬不起头来见人。

东方人是否含蓄过分，以至繁衍出了一批呆头鹅？可事实上，东方并没有因含蓄而人口减少，西方也没有因为过"嗲"而人口增多。

107

从前舞蹈家邓肯女士为了追求她的"白马王子"邓南遮大诗人，特为自己请了一家庭教师学俄文。可是，没学几天，邓肯女士大不耐烦，便对老师说："你只要教我俄国话'我爱你'就够了！"邓肯女士不愧是现代舞蹈之母，她知道学那么一大堆话也顶不上"我爱你"一句的魅力，没有什么更比对情郎的这句倾诉来得重要多了。

爱情也是一种创造性的活动，其表达方式自然也是变幻无穷。现代人更能领略它的妙处。那些"阳光女孩"，青春可人的嗲情嗲意，常常为我们生活的环境涂抹靓丽活泼的色彩，也给她们的家增添几分活泼和生动。家是最充满柔情的地方，无论是竹篱茅舍还是高屋华堂，只要家中有个等着你的能"放嗲"的妻子，你的激情和创造力一定不会枯竭。

即便是在古代，即便礼教束缚的樊篱四处皆是，但人性特质的本真流露也会像清泉一般自然涌动。古诗词中就有不少描述凤凰于飞、琴瑟之好的篇章，如唐末五代时，有首无名氏的《菩萨蛮》：

> 牡丹含露真珠颗，美人折向庭前过。含笑问檀郎：花强妾貌强？檀郎故相恼，须道花枝好。一向发娇嗔，碎挼花打人。

漂亮的老婆折了枝带露鲜花，一定要老公表态：究竟是花儿鲜艳还是她容颜美丽。老公故意说："花比你强多了！"老婆一听就佯装不高兴，撒娇，把花揉碎了掷到老公身上。

明代周挺在《删补词唐诗选脉笺会通评林》上对此有个点评，说此诗"无限风情，妙在'故'字"。这种夫妻间有意的怄气，闹点小别扭，大概就是俗语说的"打情骂俏"，这更证明了夫妻两情相悦，心领神会，家庭生活有乐趣。

与《菩萨蛮》相类似的还有明代才子唐伯虎的《题拈花微笑图》，题材和表现手法如出一辙：

108

昨夜海棠初着雨，数朵轻盈娇欲语。

佳人晓起出兰房，折来对镜比红妆。

问郎花好奴颜好？郎道不如花窈窕。

佳人见语发娇嗔，不信死花胜活人。

将花揉碎掷郎前，请郎今夜伴花眠。

欧阳修的《南歌子》："凤髻金泥带，龙纹玉掌梳，去来窗下笑相扶，爱道画眉深浅入时无？弄笔偎人久，描花试手初，等闲妨了绣功夫，笑问鸳鸯两字怎生书？"夫妻间的相互逗趣打闹，新房内的"兴风作浪"，使生活更加浪漫多彩，爱情更加有声有色。

因为文化的关系，世界各地的女性情调有所区别。有人总结说：日本女人"柔"，英国女人"雅"，俄罗斯女人"壮"，法国女人"俏"，美国女人"狂"，德国女人"稳"，中国女人"素"。素毕竟不同于俗，也不是素面朝天或刻板、严肃、不苟言笑，更不是政治教化者的形象。曾有一部小说刻画了一种妇女类型：马列主义老太太，就是指一种灵魂干瘪、思想教条、不近人情、毫无情趣的女人，这是千百年来文化熏陶和政治教化的扭曲性人格，是失去性征美质的工作机器。

在这个世界上，该诅咒的不是"发嗲"，而是"发嗲"对浅薄的屈从。没有真情实感，缺乏文化底蕴，"发嗲"也可能会流于媚俗和轻佻。一个不懂得"发嗲"的女人，不可能实现有质量的家庭人生，同样任何一个缺乏艺术和纯真本质的"发嗲"，也必然无法彰显生命的魅力。

话 说 筷 子

天天都拿着它解决一日三餐，倒从没想过它有什么可谈的。偶尔，携妻带子到西餐厅走一趟，对那些刀把、叉子倒觉得新鲜稀奇。人总是这样，最不可缺少的东西又是最平常的东西，而往往因为平常你不会去留恋它、珍惜它。

一日，朋友从慕尼黑寄来一封信，笔底浸染思乡之感伤。端午节那天，几个留学生聚在一起，煮了一大堆的饺子、面条，桌面上摆上筷子。朋友说当他举起筷子时，突然一种亲切的思乡情油然升起，那手感轻盈灵动，操作简便易行，是老外任何一种餐具都不能比及的。而只是这细细的两根竹筷，却牵动了他孩童时期的许多记忆，也牵出故乡那山那水那人的缕缕情思。

那晚，这批留学生在慕尼黑一座公寓里举着筷子呜呜地哭了。

读信后，我也浸染上了他们那漂流在外的思乡情，对筷子这小餐具似乎开始注意起来。

大约在公元前 21—前 17 世纪的夏朝，我国就有筷子了。约公元前 770—前 476 年，春秋时，铜筷和铁筷便问世了。到了汉朝（公元前 206 年—220 年），漆筷应运而生。之后，又出现了金筷和银筷。

现代使用的筷子如按质地分，有竹木的、塑料的、有机玻璃的，最贵重的当数象牙筷、犀牛角筷、嵌金檀木筷和玉筷。

在古代，筷子的等级代表着人的生活等级，富人们使用金筷或玉

110

筷来显示他们的富有。不少皇帝还用银筷来探明饭菜是否有毒，据说砒霜之类的毒药会让银筷瞬间变色。

而今，普通人家对筷子并非十分讲究，只是在高级酒店里才有这种档次之分。我参加过一次盛宴，在五星级酒店里举行，一切都是金碧辉煌的，在那种情况下，如果桌面上摆的是一双木筷该多么寒碜。筷子当然是镀了金的银筷子，我第一次用它，觉得很滞重，筷技极笨，很涩的感觉。我想，用惯了竹筷、木筷，这种"豪华"的享受却显得很不灵便了。

是身体健康重要还是讲排场重要？各人有不同的选择。然而，我看到的一个事实是，现代人使用的筷子越来越简便。一次性使用的竹筷和木筷铺天盖地，这类筷子号称"卫生筷"，是为保健康、预防病菌侵入而特制的，但做工粗糙，表面也不那么光滑，不小心还会刮破你的嘴唇。我不明白这佯装"卫生"的筷子为什么这么受欢迎，据说市内老牌漆筷生产厂家也纷纷改换产品，生产起这种"卫生筷"来了。我忧心地看到了另一个事实，大部分上好的竹子和木材被一次性地使用后扔入垃圾箱，这对资源原本就十分缺乏的中国来说，是一笔多么可怕的浪费啊！

汉学家汉森先生曾对我说："你们中国文化就是'筷子文化'！"我当时听了很懵懂，他笑了笑，指着街上熙熙攘攘的人流说："筷子就是快子，早生贵子的意思，你看中国人太多了，太多了！就是因为'快子'观念太强！"我不由苦笑，为他的牵强附会感到无奈。确实，中国的人口是太多了。

然而，我在一次采访中，看到一个地区的地方志中记载着，这个地区民间流行在新娘的嫁妆里放入筷子来祝愿新娘"早生贵子"的风俗。这件事让我倍感诧异，令我想起了那位汉学家的话。

也许因为文化的差异，筷子无法普及到全球去，就像无论如何我们不能接受刀叉一样。但，自那以后我的心里留下一个结，原来对筷子从忽视到欣赏，现在却又感到有点茫然了。

在一次聚会上我又遇见了汉森先生，他进餐时用粗壮的手指摆弄着一双筷子，兴致勃勃地夹着闽菜"佛跳墙"。我走了过去，向汉森先生敬酒，对他说："汉森先生，欢迎你使用中国的筷子，我想对你说，在'筷子文化'的内涵中还包含着好运气。在我国农村的许多地方，春节前夕，许多农家在饭桌上摆上新筷子以祝愿来年有个好收成。"

接着，我又让服务生取出十根竹筷，我拿起一根一折就断了，另九根扎成一束怎么也折不断。汉森哈哈大笑，他说："这是中国的家长教育孩子的方法，用筷子来演示一个道理：团结就是力量！人多力量大！"

汉森那震耳欲聋的声音在我的脑子里轰鸣了好几天。

112

话 说 聊 天

朋友扎堆，最大的目的就是聊天。香烟弥漫，香茗醒脑，云山雾海，浪漫心空竞自由。如若再加几碟小菜，小饮美酒，红袖添香，那更是灵感迸发，口若悬河，妙语连珠，辩才放达。记得很久前我读过祖慰写的一篇小说，小说中曾出现一个绰号叫"把你聊死"的侃爷，最辉煌的纪录是把他的一个朋友当场聊休克过去，这小说中的家伙就是作家特别的精神影像，没准就是祖慰其人。

聊天的内容大约分几类：一是聊本行，聊本行多得益，互相启发和碰撞，常常会聊出一些精美的创意来；二是聊人事，聊人事多感慨，白云苍狗，多少人间悲喜剧，常常令人唏嘘长叹；三是聊世事，聊世事多灵悟，滚滚红尘，让你心海缥缈、扼腕长叹；四是聊怪异文化，聊怪异文化多悚然，星相占卜等神秘科学，让你脱胎换骨成半仙；五是聊饮食男女，聊饮食男女多捧腹，素的荤的一锅煮，令你胃口大开，凡心振奋。这年头还真可以让你聊够的，只要有时间，你可以聊它个十万八千里一去不复返。

记得老作家忆明珠曾说过一句话："聊天若不聊到天上去，便很难说是安定团结的标志和太平盛世的保证。"

忆明珠老先生这句话也许是得益于一副对联："水清鱼读月，山静鸟谈天。"清明澄碧和宁静高远的意境下才好聊天，对鱼对鸟是这样，对人更是如此。在那个人人自危的年代，别说"把你聊死"，一

113

言不慎，招来大祸的例子不胜枚举。

诸位兄弟不想发大财的，甘于清贫的，也可以一杯清茶，坐以论道，三天三夜不歇嘴，没有人拿封条封你的口。聊的媒体也多了，书报上聊，广播上聊，手机上聊，电视上聊，还可以聊到银幕上去。这几年就出了不少以耍嘴皮子功夫而赚卖座率的影片。最痛快的该属在电脑网络上聊，虚拟的空间，虚拟的对象，自己也像是个隐身人，无论春秋笔法还是唐宋诗情，都可以淋漓尽诉，包括昨天晚上被老婆踹了一脚，此刻脸还肿着的这类羞死人的事，也可以和网友痛说。

商业社会市场经济，也有些聪明人利用了"聊"的价值赚足了钱，开先河的应该是凤凰卫视的窦文涛，聊天节目中间不停插播各类广告，可见聊天也很有市场。还有央视"实话实说""对话""朋友""聊天""艺术人生""面对面""新闻会客厅"等，不但收视率极高，还因为聊造就了一批大腕主持人。中国传统的"沉默是金"的观念在这里翻了个儿，聊才是金，聊能出作品，出黄金档节目，出经济效益，侃能为侃中人谋取小汽车和高级住房。

文人闲侃中，有时也忒毒。老话说的"口开神气散，舌动是非生"也还有保留价值，古时候那些说客、弄臣、纵横家，虽手无缚鸡之力，却凭三寸不烂之舌，将环宇整得狼烟四起、诸侯纷争、父子相残、鸡飞狗跳。故而聊也得要有个度，不可伤害善良，有损他人人格，制造出子虚乌有，拨弄出诸多是非来。我闲聊基本原则是三宜：宜谈远的、虚的、艺术中的人和事，超过范围尽量三缄其口。

当今社会商品经济发达，浮躁之气蔓延，电脑、手机、短信息消灭了许多见面的机会。除了升官发财，其余都是蕞尔小事，对于时间就是金钱、就是效率的现代人来说，一个电话就可以搞定，又何必花时间去泡聊？面对面聊天机会愈发珍稀。然而，俗事红尘中，偶尔疲惫一天静下心来，我也常感叹那挚友相伴的乐趣，每每怀念过去三天两头一聚的情景，怀念那种心态的闲适、心灵的无羁与交流的自由。难得遇到闲来无事时，总要拨个电话给老友："老兄，有空过来聊聊！"

美女和道德撞腰

美女经济是市场经济的产物。在计划经济时期，一切都是配给的，基本没有广告这个行业，所以美女一般存在于审美的领域里，没有太大的经济价值。今天就不同了，需求决定着市场的导向，美女是人类生活中永恒的话题，所以一下子从审美领域进入商业领域。聪明的商家在寻求利润最大化时就像苍蝇嗜血般地盯住了美女，美女无处不"秀"，无处不在吸引现代人的欲望的眼球。

115

昨天看到一则新闻：美国某地女大学生暑期到洗车房打工，为了多挣点钱，将自己脱得只留下三点，火辣辣地在路面上招揽生意，果然吸引不少的登徒子趋鹜而来。这种洗车法成了一道风景，惹得不少的过客驻足观赏，而车主似乎在这十几分钟里不仅洗好了爱驾，也特别洗眼，临行时喜滋滋地付给 25 美金的洗车费。美女在这里打了个擦边球，美国虽然开放，却也引起不少人的争论，但她们还是赚足了钱，每辆车至少多收了 15 美金。

看来美女喜欢和道德撞腰，一撞腰就会多来钱。就像吃这样的东西，古话说"君子好腹不好目"，可是当今君子则有不同，喜欢色味双收。年初在旅游城市昆明出现了"人体宴"，在美女的裸身上摆上了各种的美食，食物还是原来的食物，厨师还是原来的厨师，可是那一桌宴席的价格愣是涨到了一万元以上。中国古代的"秀色可餐"这个词在这里被推上了极致，彻底演绎成现代传奇。

在美女经济的产业链中，备受关注和争议的话题还有不少，如：郝璐璐和杨媛等花巨资将自己改造成"人造美女"；人体彩绘在车展和房地产展上谁烘托了谁，谁为谁造势？还有世界小姐、环球小姐、国际小姐等名目多样的选美大赛……按照市场的规则运行，美女的机会成本是最低的。美国得州大学有位教授研究说：美女的就业机会和薪金比普通女人的就业机会和薪金要高出五个百分点，所以，不管你长得怎样最好都要把自己弄成美女。人都有爱美之心，更何况还是在男权为主的社会，在商业场中女人很可能成为被消费者。可是在生产精神产品的文学界，"用什么来写作"和美女作家现象这话题最近在媒体和网络上炒得沸沸扬扬，让人感到越来越糊涂了。一夜间涌出那么多的美女作家，好像是"人造"的，让人"乱花渐欲迷人眼"。她们的作品在主流文学之外，但她们却受到了关注，尤其是主流媒体的关注，一夜走红。也有的走红之后，又煞有介事地声称自己不是属于"美女作家"。是不是现在想成名都要搞些噱头，打些擦边球，用身体才"火"得快，而"火"了以后，又想为自己"正名"？这让我想起境外某些发迹的所谓慈善家、社会名流，他们的原始资本的积累是靠走私和贩毒。文学起步也需这么"积累"，靠身体和欲望、靠自然主义的表现、靠卖自己的隐私？

这种写作态度存在的合理性是什么？

为什么商业社会容忍和关注这种将自己剥干净的作为？

当身体写作成为"新经济增长点"的时候，美女无疑是物质形态中最有卖点的产物，尤其是可以将自己"剥光了像蛏一样"的美女。

可事实是：20世纪70年代出来的这批作者，从网络走到书店里，都是美女吗？

而冰心、张爱玲、林徽因、丁玲、茹志鹃等当初的容颜并不逊色于现在的所谓"美女作家"，为什么并不号称"美女"而走红天下，如今依然是读者的喜爱?

用商业行为包装，而不是通过艺术魅力打动读者的作品究竟有多少生命力?还能走多远?

"卫慧制造"无疑是2000年成功的营销案例，但今天重读她的东西，你还能找到"兴奋点"吗?而半个世纪前的张爱玲小说今天捧读，还是那么深刻隽永深入人心，被现代读者深爱着。一位资深的评论家说，读张爱玲的小说，你似乎闻到陈年的紫檀木里飘散出的淡淡的清香和浅浅的伤感，所有的华美瑰丽的铺陈都是在演绎着灰色的人生，让人更感世态的悲凉。

在文学这么一个独特的世界里，金钱并非是万能的，也许可以制造美女，但"制造美女作家"其商业价值永远大于精神文化价值。当然，书商不管这些，当他抱回巨额利润而满面红光时，身体写作的真相或者本质化的呈现就豁然开朗了起来。

"美女作家"是世界性美女经济发展大潮中的一簇癫狂的浪花。

有人说，"文学的黄金白银时代过去了"，"美女作家"是用来消费的，与当下流行的酒吧文化、包厢文化、模特文化、内衣文化一样，不过是"情色橱柜"里的商品而已，无怪乎那个写《乌鸦》的人深有体会地说:"要夸奖一个女人，莫过于说她是妓女。"(九丹)文学也沦落到了只要能赚钱，管它是什么的地步了吗?

市场也需要秩序。在高度自由化发展的今天，经济体制正逐步走向法治化、规范化，那么文化形态的创作体制应该如何寻求自己的"游戏规则"，让市场和历史都能笑迎它和它的作品。诚然，作为一种经济活动，"美女经济"的存在有其合理性。国内学者曾对"美女经济"有过论述，称其为"多赢"。据说，第52届"世界小姐"总决赛给主办国带来了12亿美元的收入。举办城市可以借此大作宣传，作为城市的名片打出去。在苏州世遗会举办不久，像世界顶尖超级模特大赛这种具有国际影响力的大赛，第一次落户中国苏州，无疑又一次让苏州在国际舞台上展示自己的魅力。对"美女经济"持反对意见的人士指出，在"美女经济"下，"美女"是作为一种商品而推出的。过度地宣传这种"美女"意识，对于国内的年轻一代影响是巨大的。如今"学得好不如嫁得好，嫁得好不如长得好"这样的观念在相当多的年轻女孩中存在，"以貌取人"更是普遍，不能不让人关注。更让人担忧的是"选美热"所产生的社会问题。一些社会学家认为，"选美"过分强调女性外表的美丽、性感，使两性之间的差异以前所未有的方式被强化了，不利于女性追求与男性平等的社会地位和社会分工。社会学博士张俊以说，少女当街沐浴、"女体宴"，简直是借女性形体牟商业利益的"美女经济"的始作俑者对女性进行的一种"视觉强奸"，更糟糕的是，社会提供了习以为常的土壤。事实上，附着在"选美"活动中的奖金、名誉等，不言而喻地对美女构成了诱惑。这样貌似动人的诱惑，其实是对女性的一种"软暴力"。

也许时代不同了，文学也走向了多元，文学的多样性和商品的琳琅满目在装饰现代人心灵的橱窗。能够同时享有美女和美文是一种境界，争议也是一种宽容，没有什么比自由的呼吸更重要的了。

但是我还想提个醒：美女，当你撞向道德的底线时，别闪了腰！

吃 的 学 问

一个人一落地第一件事就是哭着喊吃。小手随着"哇哇"的叫喊挥舞着，抓过母亲的奶头那小嘴就贴了过去，接着哭声没有了，"吧唧吧唧"地进入吮吸状态，面目紧闭，一副小脸颊呈现陶醉的可爱。

这是全世界的人都有过的第一次动作，从这以后嘴就没停过，那胃肠不断地在运动着，把吃开始作为人生的第一要素。要谈身体好，必须要吃。要谈努力学习，掌握科学技术，必须要吃饱饭才行。就是男女之间进入正式谈恋爱状态时，也是围绕着吃开始做文章，今天在那家咖啡屋见面，明天上海鲜馆，后天安排小吃街……走马灯似的换地盘寻吃，以吃为借口密切联系，增加感情理解。

我这人好吃，好养。小时候到外婆家，隔夜的饭菜我从不嫌弃，剩菜剩饭也能打扫干净，桌面上清清楚楚。外婆看我吃得有滋有味，以为自己劳动的成果受到充分的肯定，豁开没牙的嘴乐兮兮的。每每看我吃光，外婆就递上一条毛巾，就开始数落她的两个儿媳妇，说她们怎么怎么挑食。每到周末，她照例烧上一大堆菜，我上的大学离外婆家还有一段路程，不常回去，外婆总是面对剩下的饭菜说："怎么外孙不回来呢？他在就好了，免得我还得去收拾这些。"

从那时起我悟出一个道理，要让老人喜欢你，最要紧的是吃，把她做下的饭菜消灭得越干净她越开心。带着这个启示我第一次拜见丈

119

母娘，果然一试很灵，第一餐饭我不但没有客气，而且吃得露骨，还把她前几天舍不得倒掉的几样菜和饭一齐扒进肚子里。

那以后，丈母娘就认定了我是个好女婿。尽管我老婆当时担心我有失儒雅，把我当作傻女婿一样直拿脚偷偷踢我，但我仍然装着全然不觉，她越踢，我吃得越猛，直到锅底朝天。

老子曾经教育我们："圣人好腹不为目。"孔子也说："民以食为天。"就是说在衣食住行生活四要素中，吃是头等重要的。也许会有人反驳说这是"饭桶""草包"逻辑，这是因为这种人没饿过。记得我插队时饿过一回，仅一天没进一粒米，我那额前虚汗直流，两眼昏花直冒金星，脑门里一片空白，什么也想不出来，什么也做不出来，实在受不了。

我和人唠叨起插队的事，就喜欢唠叨吃。最辉煌的记载是1975年的秋天，秋收后我们到一座荒山处开荒，住在一个小村庄里。小村庄离开荒点还有3公里远。那时规定我们每月供应食油一两半，因为在良种场，饭量定在每月45斤。这少得可怜的油还不够每天涂抹一下锅底。知青们嚷着说肚子都生锈了。那晚收工，饥肠辘辘，又挑些柴火走回小山村，肚子里面的东西全部都熬光了，我捧着蒸好的7两米饭，随口说："这点东西还不够我填牙缝！"一旁的女同胞见我口出狂言就起哄："你能吃多少?""两斤没问题！"我信心十足地回答。于是其中一位知青端上一斤糯米饭，另一位则将半斤面条烧成的一大碗面汤端上来。

"共两斤二两，吃得下去全归你！"

我看一眼眼前这三碗香喷喷的饭和面，埋下了头，不慌不忙，半个小时不到就把这些全消灭干净。

那晚觉得活得很实在，我捧着自己滚圆的肚子，着着实实地做了个香喷喷的梦。

俗话说得好："着威风，吃受用，赌对冲，嫖全空。"的确是如此，吃是最实在的。在我成长的很长一段时间，耳朵听到最多的语录是："手中有粮，心里不慌，脚踏实地，喜气洋洋。"可见吃对中国人是多么重要。

中国人不但在生前讲究吃，死后也怕饿着。每到除夕、端午一些节日或死者的忌日，家人就把庭院打扫干净，柴门打开，然后在死者灵前供上几碗饭、菜和小酒，再燃上一炷香，过一个时辰，估计死者的魂灵已前来受用够了，才将这些捡掇起来，全家人欢欢喜喜地进了正餐。中国人死后最怕当饿鬼，民间描述的饿鬼骨瘦如柴，在荒郊野外轻飘飘地游荡，饿着，死了变鬼也受罪。

中国人的语言中用"吃"组成的词举不胜举，且不说见面第一句话就是问："你吃过了没有？"对于吃这个问题表示关切，就是在平常生活中，也喜欢用这个字眼。譬如，让人占了便宜叫"吃亏"，船体下水了叫"吃重"，拿国家薪金称"吃皇粮"，办事胳膊肘往外拐称"吃里扒外"，上法庭叫"吃官司"，办事不得力、留有后遗症叫"吃不了兜着走"……吃的意义延伸出去变得特别丰富，也特别亲切。由此可见，中国文化传统中，"吃"是一个非常重要的字眼，简直到了无吃不成文章的地步。

中国古代的政治家也喜欢用令人垂涎的食谱比喻治国之理，如《尚书·顾命》中将当宰相比为"和羹调鼎"。老子也说"治国如烹小鲜"，云云。

现代人的胃口越吃越邪门，吃蝎子，吃蜈蚣，吃知了，吃蚯蚓，吃地瓜叶，吃野菜，再发展下去没准又把观音土挖出来吃。现在当然不是饥荒的年代，大概肚子里撑足了山珍海味之后，腻味了，想体会一下闹饥荒时的口味。

我外出旅游，最惬意的事不仅仅是能目览山川景色，也是为了能尝到异地的风味小吃，因而，每到一地，到小吃街或土得掉渣的小店品尝特色小吃，绝对是纳入旅游项目的重要议程。现在每一个都市都设有小吃一条街，你可以尽情地在那里面徜徉，自由而随意地挑选摊位坐下，无论是烤的、卤的、炖的、烩的、醉的、熘的、拌的都可以各种尝上一点，又少花钱，又得到腹里的满足，又品尝了"文化"。小吃街是很开眼界的地方，只有领略到这种风味，才真正明白中国人是多么聪明和精巧，想象力也特别丰富。确实，有人说中国靠三把刀征服世界，我看头一把就是厨刀。

好吃不是件坏事，只要不懒做就行。为了吃得好穿得好，你就要尽力去工作，要把国家的重点放在经济建设上，把人的心思引到发家致富上。

我们这个民族是善吃的民族，但不是一个讲究铺张浪费的民族，故而我反对三天两头大菜宴请，动辄是星级酒店。讲排场，以挥霍为潇洒的败家子作风要不得。吃也不能过了头，什么都往嘴里塞也会出问题，不是出"非典"，也会闹出个"民族肥胖"来。吃要吃得实在，有味，营养构成合理，不浪费，不但吃好身体，也吃出一种精神来。

快乐的“误区”

"纨绔不饿死，儒冠多误身"，小时候读了杜甫这著名诗句甚为不解，请教先生，先生说："'误身'也就是走错了路或投错了胎的意思。"听了以后，想自己纨绔是做不成了，那是天定的事，也不能从儒。于是，立志长大要当工农兵。

那年头外头"闹革命"闹得紧，我已处于身心发育阶段，少了小学时贪玩调皮的习性，就埋在家中伏案捧读。不管什么书——横排竖排，古旧发黄，没头掉尾……可以一整天孜孜不倦地看。母亲看我那样，既感到安慰，又有几分担忧：一方面看我在家，没有掺和"触及灵魂"的簸粮食一样的运动；另一方面又怕我成为书呆子，"人生识字忧患始"，这眼皮底下挨整的不大多数是读书人吗？

人算不如天算。插队三年，昏昏然登上"工农兵学员"的末班车。赶趟来到了福建师大中文系。当时我算是有福之人，"四人帮"刚被粉碎，虽然还没有完全恢复高考，但已经有文件下来，要求选送考生，由各地区出卷参加录取考试。考试还是个形式，但也不是一点作用都没有。命运就是这么奇怪，对上大学想得要死，对学文科又怕得要死的我，在那时只有一种安排。理工科的大学专业早就被那些又红又紫的人和"官家子弟"瓜分去了，招生组长说："看在你是全县考试成绩第一名的份上，才腾出这一名额给你。不去可以，多少人排在你后面等着这位子。"别无选择，学上了文科，真的走入了"误

123

区"，当上了编辑。

一转眼 20 年的编辑生涯，说长不长，说短不短，因而也有了许多联想，有了许多自矜。自天壤间有了书籍，不论竹简、木牍、帛书、青铜铸件和石刻的铭文，就有编辑这一行当。人类文明主要积累和保存在世代相传的各种书籍中，数不清的荣华显赫的人物都随时光俱逝，也为世人所忘却，而编辑的劳动成果世代相传，默默为人们所珍爱着。

多少年，编辑头上风云变幻，"天无三日晴"，往往是走马灯式的"多云转阴""阴转多云"的气象，使人们习惯蜷曲着身体。我庆幸自己赶上一个好时期任编辑。有人曾说编辑是"简单的重复劳动者"，描绘成像"一只蝴蝶标本钉在桌上一动不动"，教人走的是四平八稳的"鹅步舞"等等，这些都是历史的误会。当今知识爆炸，编辑应该学识渊博，思维活跃，信息敏捷，眼界开阔，才能担负起传播知识、弘扬真理、探索未来、积累文化的重任。

因此，自感责任重大，从来不敢懈怠，二十多年来，从事选题、组稿、审读、编稿，帮助作者做某些修改，甚至替代他们整理加工，乃至大幅度增补修订、全部改写。既要对社会效果负责，又要保持作者的文风；既要考虑社会意识的反作用，又要体察维护作者的创作精神；既要保证文稿能够被领导者审查通过，又要尽可能为人民大众所喜闻乐见。有时又像个体力劳动者，代作者排队买火车票，安排住处，并将每月少得可怜的编辑费用来接待作者。发现一个好的选题或组上一篇好稿，这是最快乐的事，所有的辛劳和怨言都烟消云散。

在我的同行老辈中，许多是一生都在为他人作嫁衣裳，直到临终，还没能为自己缝制一件"寿衣"。这些人和事常常激励着我，让我感动也让我深思。我以为，编辑工作的含义不仅是编书，而且要跟上时代，了解读者市场，能够和作者交流。要体察别人的创作辛劳，自己必须多学习，多创作。编辑从来不是仗恃手中的版面权苛待作者，而是以真知灼见让其理解信服。

当前期刊林立，竞争激烈，刊物与刊物市场对垒，说到底是人与人的较量，胜负优劣最终取决于总编和采编人员的素质。从《福建文学》调到《生活·创造》，其间还办过妇女杂志《海峡姐妹》，刊物性质发生变化，当时有人说："在《福建文学》你已干得挺顺手，何苦跑到女人堆里，白手起家创业？何苦来着！"我能说什么呢？也许随着人到中年，想干些更实际的事，由一个纯文学刊物转去搞一个女性生活月刊，能更好地面对现实与人生。母亲、妻子、女儿和约占一半人口的女同胞，同样值得社会去关心爱护。我记得叶甫图申科有一句诗：我愿意是一个女人，哪怕一天也好，只要你怀孕过一次，你的心就不会这么冰冷。在女性世界里，也许对我这样一个男性会少些嫉妒，多一分宽容，即使哪天出现失误，也不至于乘人之危，落井下石。抱着这份心情在《海峡姐妹》干了 1000 天，可以说是爱心服务了 1000 天，这里面有感人的故事、生动的人生、丰富而细腻的情感天地，有我需要理解、探寻、鉴别和期望的永远走不完的路……

尔后，我又辗转了几家的报刊。创办《东南经贸时报》，一份经济类的报纸。主持从机关报改为完全市场化的都市生活类报纸《东南快报》，事情就杂了，多了些经济上的压力。那种单纯的组稿写稿离我远去，浮躁情绪渐渐蔓延开来，坐在案前享受字里人生的乐趣少了，因此静默下来时，就会有许多的空虚和郁闷，心也会飘得很远，特别怀念过往当期刊编辑的从容和闲适。于是，2002 年我逮着个机会，离开了令人羡慕的报业社长高薪的职位，又回到一家生活类的杂志《生活·创造》，干的还是编辑工作，操的还是"儒冠"这一行当。在这里找到一种回归的快感，好像去陌生的城市里讨吃的孩子，回到了童年时的村庄，闻到了稻子和泥土的芳香。

现在可以给杜甫的诗加上一条新注释，如果说干我们这一行是走入"误区"，在我看来那也是一个快乐的"误区"！

谈善解人意

人世漫漫，谁没有忧喜？

人不免有时会处于一种尴尬的情景之下，善解人意的女性，她的一颦一笑，一言一行，会把你从这情景中解脱出来，恢复正常人的心理状态与信心，助你渡过难关。

有一位教师对人谈起她遇见的这样一件事：夜阑人静，一个陌生女人打来电话说："我恨透了我的丈夫。""你打错电话了。"接电话的教师告诉她。那女人并没在意，仍然继续她的话题："我一天到晚照顾五个孩子，他还以为我在享福。有时候我想出去散散心他都不肯，自己天天晚上出去，说是有应酬，鬼相信！""对不起！"教师打断她的话说，"我不认识你。""你当然不会认识我，"她说，"这些话我能对亲戚朋友讲，搞得满城风雨吗？现在我说出来了，舒服多了，谢谢你！"她挂了电话。

这种近乎荒唐的电话，使这位"灵魂工程师"陷入思考，那就是，待人处世，不可简单地拒人于千里之外。

没有爱，不可能有醇醪甘饴的夫妻生活；仅仅有爱，也不一定能构成美好的家庭模式。夫妻天天聚首一起，需要心理调适，最好的调适良药就是能够善解人意。爱情有时会导入促狭、自私的歧途，妻子不能容忍丈夫过去曾有过的"情感秘密"，爱情强烈的占有欲会摧毁一位好妻子，使她成为尖酸刻薄的女人。

人有种"自然防卫"的心理，包括当犯了错误时所产生的辩白心理，这种辩白心理无非是想找点"情有可原"的依据，来减轻一下自己受责怪时的心理负担。往往辩解之后，对方的心理趋于平衡，接着便开始自责，承担责任了。善解人意的女性不会一味责备对方，揪住不放。就对方的性格和自尊心、爱面子的程度，或婉言相劝，或点到为止，或自己分担部分责任。主动分担部分责任，并不意味替他开脱，事实上，往往会造成对方的猛醒："不关你的事，这完全是我的错！我以后一定改正！"再如，"年轻时，难免会把握不稳自己，出些差错！""这事我早就知道，今后多注意就是了！"这种宽慰对方的语气充满魅力，使对方心理压力减轻了，而且深深感激你。

要注重现代人多层次情感发生的可能，你就要把爱的岛屿当作一件艺术品来精心经营。

女人耽于幻想，也爱做梦，在爱情占有上是永无止境的。女人永远是甜蜜事业旋转的主轴。所有的女人都希望婚姻是爱情梦的一种延续，但在实际生活中，因疏忽而犯的错误，或无意间说了错话，伤了对方的感情，都可能给爱情蒙上阴影。因此，作为一个人，我建议在魅力的法则上，给对方更多一些理解。当然，善解人意不是一味忍让、迁就，而是因势利导，像罗素所言：以爱为激励，以知识为向导，走向纯洁和高尚！

召 回 史 诗

多少年没有读到抒情长诗了，这种句式节奏以及贺敬之、郭小川、马雅可夫斯基的名字和青春的激情一起，深深埋进了少年的记忆里。理想化的浪漫主义和空想社会主义的完美结合，这些诗让我在初涉人生的道路上和在对文学的向往中，有了一种高于庸俗生活之上的美好的感觉。"我看见星光和灯光联欢在黑夜/我看见朝霞和卷扬机在装扮着黎明"，"把笔变成千丈长虹/好描绘我们时代的多彩的面容/让万声雷鸣在胸中滚动/好唱出赞美祖国的歌声"……在当时我可以大段大段地背出《放声歌唱》《雷锋之歌》里的句子。

不知什么时候开始，诗退到社会生活的边缘，那些曾让我血脉偾张、激情奔涌的抒情长诗寂然消失，当 GDP 主导着中国社会决策者们的脑神经中枢时，诗显得飘浮而又空泛，唯有少男少女在月出和花开时咏叹几句，但很快又被流行歌曲和网络时尚的语言代替。

这个时代真的不需要诗歌了吗？

"历史选择了喜欢大海的灵魂/选择了春天的故事/选择了光明的命运/一部光芒四射的史诗/字里行间流动着/是他奔腾不息的梦幻/是他依依不舍的人民/是他深情热爱的土地。"

在邓小平百年诞辰纪念诗歌朗诵会上，我欣喜地读到了长篇政治抒情诗集《春天的旋律》——这是一本装帧不俗的集子，6000 行的诗句抒写着中国一代伟人邓小平跌宕起伏的漫漫人生，这也是迄今为止我读过的最长的一首诗！令我惊异的是诗人林春荣在三年前就创作了《中国季节》等长诗，并且为此在北京还开过研讨会，在当今的中国诗坛里独步政治抒情长诗的只有他了，他的勇气和才情更令我赞叹！今天，"百年小平"纪念庆典的日子里，神州大地飘荡着对世纪伟人的思念之情，诗人用他独特的语言构筑起一座诗的丰碑。在福建的创作史上，《春天的旋律》的出版发行也是一件值得永远记忆的事！

《春天的旋律》不是过去那种用空想主义的浪漫激情去粉饰心灵，它的歌吟亲切朴实，像清泉一样自然流淌，许多地方的句式还飘浮着诗意的光芒，有朗诵诗的畅达，又有现代诗意象的融合，在冗长的阅读过程中不时让你有欣喜的体验和艺术智性的享受，没有沉闷和阅读的障碍，整体的旋律风格像春风、春雨、春色一样和煦、清新、透亮、明快。

只有伟大的时代才会出现伟人，只有壮阔的历史和伟人的出现才会产生史诗。林春荣说："书写这样一位改变中华民族命运、影响数十亿人生活的伟大人物，不允许我有丝毫闪失，我应该以非常严谨的创作风格，来完成我心目中崇高的英雄史诗。"当我开卷捧读，仿佛沉潜于浩瀚的艺术海洋之中，百年中国的沧桑岁月和风云历史在眼前铺展开来，世纪老人邓小平跌宕起伏的人生故事谱成一行行动人的乐章，作者用他饱蘸热情的笔触献上了他自己的心灵的颂曲！

诗歌在这里变得凝重，变得厚实！

能够召回史诗的时代是幸运的，能够感怀史诗的生活是崇高的！

第四辑

文学是真诚的，真诚是人们赖以生存的心灵的指标，也是文学大师横空出世的原动力……然而你生不逢时。后来那个特殊的时代，使一个有才华的人不能尽展其才，使一个善良的人有了斑斑劣迹，使一个真诚的人变得虚伪圆滑——文学思想最辉煌的翅膀和时代交错而过，就那样翩然离去，令人扼腕！

花　痴
——1980 年一个春天的记忆

我不知道那一刻她的目光捕捉到了什么，只是一种奇特的闪光，却至今不消失。

记得那天天色不好，凝积着卷状的云，碎纹斑驳，灰白微彤，像一片片古老的纹瓷，我正在队部和队长商量春耕的事，担心寒流的来临拖延了插秧的时间。

"寒流不会长，我看一两天就过去了。"

我侧过头，看到一个十七八岁的姑娘站在半开着的门口。队部破屋子的天窗正对着房门，昏暗的光从上面泻下来，打照在姑娘的脸上，苍白瘦弱，但却显得很伶俐精神，穿着一件这山村常见的碎花蓝底的棉袄，很难将她和一般的村姑联系起来。

我觉得很惊异，随口便问："你怎么这么有把握？"

"哦，我想应该是的！"她好像并不是回答我的提问，而是自言自语地小心判断，我接触到她的目光，那不是一个少女的那种单纯天真的眼光，而是神秘莫测的深窟，稍稍张开一条线，便又立即合闭上。

队长好像并不太理会她的话，只是径直"咂吧咂吧"地抽着袋烟。队长三十多年前是村里虎生生的汉子，而今大概已老迈，眉毛粗黑，络腮胡子堆积在脸上，像一把毛刷子。

"我听说外边很多地方田都分了种……"

"胡说!"大胡子猛地吼了一声,我看他生气的脸痉挛起来,"女孩子家懂什么,出去!"

"本来嘛!"她好像很委屈似的,嘟噜一句,不情愿地退出门口。

那一夜我不得眠。窗外夜风呼啸,也吹入耕翻的新土和草露的清香。我思忖着春耕的事和那位文化与气质都与山村迥然相异的神秘姑娘。

第二天,仍然是个刮风的日子,天仍然是碎纹斑驳,偶尔露出太阳来,那太阳也给吹刮得昏昏黄黄,毫无一丝生气。我惦记着刚播下的几畦稻种的塑料膜是否压牢,便向村外走去。

猛然间一抬头,我看见她独自一人寂立在空旷无人的路前。

"你去看稻种吧?"

"嗯,你怎么知道?"我突然感到有点奇怪。

"我已把薄膜压好了。"她猜透了我要做的事。说话时眼睛转向一边,眼珠阴阴暗暗的角落,蓦然绽放出一股光芒。

"你这么年轻,读过书吧,但我觉得你懂得不少农活上的事,好像老把式。"

"你夸我了,我刚读完初中,什么也不懂,只是跟爹久了,知道了一些。"

"你爹?"

"就是昨天和你们社教同志谈话的队长。"

"哦……"

没等我说完话,她就一人寂寂地走了。

以后几天我一直没见到她。农忙开始了,我渐渐地忘却了这个村子最高学历的姑娘,每天跟着社里的农民一起耕田、插秧,好在这些活我插队时都干过,一切都还得心应手。大胡子队长的脸总是那么沉默、阴沉,再加上那满脸的"毛刷子",似乎永远不见晴日。

一天夜里,劳累得很,一躺上床便沉沉地进入了梦乡,突然一阵急促的敲门声把我惊醒。

"社教同志，救救我！救救我！"

我赶紧穿好衣服，开了门。挟着一股寒风，一个姑娘披头散发、衣衫褴褛地跑了进来。

"是你！"我认出了她，村里的"女秀才"。

"救救我，我不要嫁那个人，否则我会死的！"她跪在地上，灯光照耀下的她更显得憔悴与单薄，像风中摇曳欲折的芦苇。

刚离开大学不久的我遇到这样的事，心里紧张得不知所措。我只好先给她泡杯热茶，敲开邻屋的门，让那人去把大胡子队长找来。

不一会儿，门外响起杂沓的脚步声，大胡子队长带着几个我从未见过的人来到我这儿。一进门，大胡子队长就揪起姑娘的头发，猛地一个巴掌扇过去。我被眼前的事惊呆了，没等我回过神来，就听他骂道："你真是丢尽了我的脸，当了人家的媳妇，就好好跟人家过日子。再跑回来，我打断你的腿！"旁边一个男人忙把姑娘拉到一边，咧着嘴赔着笑说："爸，你别骂她，我现在就带她回去好了。"原来这就是她的男人，又黑又矮，脑袋大得像个大木槌，凸额，狮子鼻，很难判断他有多大，连那黑黄的龅牙也透露不出他的大概年龄。家务事难断，那一刻我自感自己太不谙世事，面对这种问题竟然连一句话也说不上。那个黑矮的汉子硬是攥着姑娘的手把她捉出门去，像一只凶恶的狼拖走一只可怜的小羊羔。她回头看我一眼，那眼睛不仅充满了绝望和痛苦，还有我感觉的被我出卖后的愤恨。

以后，我听邻屋的说，那姑娘的男人是个包工头，就住在比这儿还僻远的坎头村，相亲的那天黑丑的矮男人带了一个英俊的年轻人一块儿来到队长家，姑娘以为相亲的是那年轻人，满心欢喜。没想，成亲时洞房钻出一个大马猴姑爷，当晚她就跑回家，但天没亮又被人绑送了回去。这一次是第四次逃跑了。

"队长为什么把女儿往火坑里送？"

"还不是为了钱。穷，穷怕了！天天割'资本主义尾巴'，农民靠这几块山垅田，越种越穷。"

两个月即将结束，1980 年的初春我就在山村寒气逼迫的春耕中忙碌度过，上头要我写一篇调查报告，主题为"大河有水小河满，锅里有饭不缺碗"。我还费神地打着草稿，突然听到村头有女人凄厉的喊叫声："错了——"接着又是哭号的声音，一阵一阵的，令人感到毛骨悚然。我跑到邻屋问是谁在喊叫，邻屋的说："就是那个姑娘，疯了！现在回来了。哎，你得注意点，听说她患的是桃花癫，见年轻的男的就追。"

回到案桌边写调查报告，一个字也写不下去，心情十分烦躁。看到那一叠草稿，满纸奔跑的都是谎言，一把抓成一团，丢到了纸篓里去。

第二天，我收拾行装离开了村庄。在通往村口的那条路上，突然又看到她寂立在我的面前。她不像我想象中的一副疯婆子样，而是把自己收拾得整整齐齐，穿着我第一次见到她的那件蓝底碎花棉袄，头发也梳理得干净整齐，不同的只是在发髻上插了一朵小小的野花。

她盯着我看，一言不发，那目光先是没有焦点，一会儿慢慢地凝聚起来，尖锐起来，发出一种奇特的光来，随后面部的肌肉霍地抽搐地笑了一下。我不敢正视她，心像被无限悲哀的浓雾包裹住，透不过气来。她从我身边飘然而过，梦幻一般地，目光直直地朝前，但已涣散开去，一副漠然的样子。

那一刻，我逃也似的离开了那个山村。

世事倥偬之间，很多事早已被我遗忘，但有一个人却常常在我的记忆中浮起，那碎花蓝底的棉袄，那暗夜里揪人心魄的哭喊声，奇特而尖锐的目光……

山中寂寞人

千里绵亘不绝的重重峰峦，一望无际；逶逶山道，绵长起伏，时而跃上峰顶，时而跌落平川，没入茫茫的荒野；一对对通信线路，牵引着现代社会信息的敏感神经，由崎岖山路旁的根根电杆高举，横穿无垠的天宇。

天刚蒙蒙亮，他就起床上路了。每天映入眼帘的是那一片翠绿的山野。他必须背负起工具、材料和干粮、水等几十公斤重的东西，顺着杆路翻山越岭。时而上杆操作，时而挥锄开辟路径，日照中天时就席地而坐，饿了用凉水泡着嚼几口干粮休息一会儿，又要继续上路忙活。

他负责的429根电杆线分布在22公里长的山道上，林深草密，峰谷跌升，但他闭上眼睛也能摸出这条路，像熟悉自己的掌纹一样，熟悉这条线路。

歇脚时，他寻一荫蔽处吸袋烟。也许干得急，刚歇下来，点火的手有点微微发抖，一连擦了几根火柴，都没有将火柴擦亮。他索性坐了下来，喝一口水壶里的水，然后才点上烟，"咂吧咂吧"地贪婪地吸着。大概是1960年吧，他记起30多年前的那个夏天，他才18岁，领导把他带到这个巡房点来，告诉他说，从此以后他就是曹坛乡南坑巡房点的驻段线务员。孤身一人一干就是30多个年头。油盐酱醋米菜和日常生活必需品，要跑20多公里路到镇上才能买到。1985年，那个带他来的领导要退休了，想到了他，要照顾他到条件稍好的曹坛点工作，他却舍不得离开，对领导说："南坑点我待习惯了，对那里的农民和线路熟悉得很，还是让年轻人去曹坛点吧！"领导夸他思想好，他憨厚地笑了笑，他最怕人夸他，一夸脸就红，好像拿了什么不该要的东西似的，会支支吾吾地应不上话来。其实他心里明白，是自己在这里待久了，对一草一木都有了感情，老马也恋旧栈，更何况是人呢？

他已经52岁了。岁月催人，他黑褐色的脸上布满了皱纹，背也微微发驼。今天他感到身上有点不舒服，那几十公斤重的东西背在身上比平时滞重，在"猴见愁"的涧道往上攀时，腿不小心扭了一下，差点滚到涧里去。

这一行干30年到50岁就可以退休了，可他就是不服老。这护线任务大着呐，都说这小小长长的线，国脉系着的呐，他还得干下去。他在报告上歪歪斜斜地写下几个字，领导一看，笑了，拍了拍他的肩膀说："行，再干两年试试看。"

人走着总要成为背影，成为走不动的自然。

在山坳，隐隐的林涛不断唤醒着生命，沿着时间的溪流，源源注入深谷。天地间虽没有留下他的名字，他却时时感到那喧响着、回荡着的正是自己赤诚的心跳。

生活是艰苦的，每年仅砍草开路这一项工作就有15000米长。但大山自有自然的馈赠，挖春笋、采蕨菜、房前屋后种菜种豆。如果碰上好运气，猎上一两只野兔子什么的，晚上就可以美餐一顿。

最难忍的是无言的孤寂。几度朝阳东升，一个人在莽莽丛林踽踽行走，除了偶尔遇上行人谈几句话之外，就只有对着山野自言自语；踏着苍茫的暮色回到孤僻的巡房，无边无际的寂寞吞噬群山和落日；夜晚手枕着头望着小屋四壁，觉得四周的空气和脚下的土地都一样凝固了，毫无生息。自然生成的和人生感受的孤独、压抑，一天之内有多少次袭上心头。

他告诉我说年轻那阵差点被寂寞打垮，那时他还是个单身汉，傍晚回到巡房都走不动了，还要到几公里外去挑水烧饭，气得他直砸水桶。到了雨季点不着柴吃不上饭就挺着饿，一夜对着黑洞洞的巡房发呆……

他说他最怕过节，特别是中秋节，是使人体验孤独的一天，这一天他不买月饼，甚至也不喝酒，一个人坐在那里悄悄地难受。他想起那一年中秋的夜晚，心里就难过，他还记得月亮特别圆，妻子难产下山分娩去了，动手术的医院找不到亲属签字。后来得到消息说，他的未见面的小宝宝死在襁褓里了。

三十多个中秋，他只能独守山林，抬头望明月，梦里会亲人。他结婚二十多年，家里的大小事，全都交给山下的妻子，妻子种田，女儿出嫁，他没帮过忙、没回过家。妻子说："嫁给了你，却是守活寡。"妻子怨他、恨他，与他闹过离婚。可真闹到了要离婚那一步时，妻子心肠一软，又舍不得走，一走这家咋办，这家还需要她支撑着哩！他感激妻子留下，留在山下的那个家里。

一天，他捕捉了一只松鼠，便请了一个假，乐滋滋地提着松鼠下了山。他说："这松鼠陪你，就像我陪在你身边一样。"可是过了几天，妻子又把松鼠提了上来。妻子说："看了松鼠就更想你了，心里特别难过，还是让它陪你吧！"他把松鼠挂起来，在屋檐下，松鼠看到远处的山，跳了几下跳不出去，又静下来看着远处的山。他心想，这小家伙想家了，就提着松鼠，朝山林里走去。他把松鼠放回山林时，那通人性的小松鼠跑了一段，又回过头来看他，好像是说：我走了，谁来陪你？他朝松鼠挥了挥手说："走吧，走吧，你家里还有很多人在等你。"

看着小松鼠消失在林中，那时，他的眼眶已经被潮湿的东西浸湿了。

又一个春节来临，山村里也响起了鞭炮声。远处城市该是一片喜庆和热闹吧！那节日的问候和祝福通过根根线路通向亲人、朋友、爱人的心坎上。坐在这一片寂静的黄昏中，他仿佛感到瑰丽的彩色光影在远处晃动。他心里觉得踏实。世道太平，人们正在吃团圆饭，家家欢乐、家家幸福、家家平安！他在心里默默地为山下的万家灯火祈祷。

"哦，孩子从山下来看父亲了。哟，提这么多东西上来啊，傻孩子，我一个人怎么能吃这么多东西。"孩子依靠在父亲身旁："爹，今天我不下山，在这儿陪你，我们好好喝上一盅。""不行，孩子，这个节骨眼上线路万一出故障怎么办？我不能喝酒。还是你喝一点吧，暖暖身子，然后下山去和你娘相伴。明天就是年三十了。""爹，你每年都不回家和我们团聚，娘说了，明年我们全家搬上山来和你一起过。""傻孩子，你们上山来那奶奶咋办。爹一人在山野待习惯了，过年爹在这里为你们祝福，只要你们高兴，爹也高兴！"

在远离喧嚷嘈杂的山野中，这父子俩亲切的对话，使孤寂徘徊的心头不禁浓云顿开，他感到周围一切鸣响的山流声和鸟声以及一切壮实的土地树林丰厚地拥抱着他。

又一个夜晚悄悄来临，松动的夜色像雾气一样散开在山野。真想唱一支歌啊，古老的林子布满了没有歌的寂寞。他走到巡房里，从墙上取下那把二胡，陪了他三十多年的二胡。他不是一个高明的乐师，荒腔走板可也让他乐在其中。他的手很僵硬地拉二胡，声调没有调好，每一次动作都像是在撕着一块碎布，又像风刮过一样，只是为了给这死寂的山谷点缀上一些色彩和生命的音响。

他这时完完全全沉浸在这些被自己弄出来的声音里，尽管这声音那么嘶哑和破旧，但却给他带来了许多的安慰。他闭着眼睛，用劲扯着弓，他感到心尖头渐渐有一股热气升上来，逐渐扩大到全身，他那本来已经有点驼下去的腰这时板得很直，就像年轻时踩着脚钩蹬上电杆、绷着腰在上面拉扯电话线一样。直到弦断开，他还一直是那样，绷直腰板，倔强地坐在那里。

缅 怀 红 叶

——追念诗人蔡其矫

你看，南方冬天的山

错落有致的群枫

在光明中燃烧

多层生命的颜色

从金红到绯红

像团团火焰

使山谷为之明亮

　　诗情燃烧的时候，你会格外地怀恋那层林尽染的山峦，想把心交给那片片红叶，因为那是尽历岁月的风霜才磨砺出来的美丽，有种摄人心魄的力量。

　　可是今年的福州却鲜能见到红叶。持续的暖冬气候，群山和公园都披着深厚的绿，那种墨绿的样子，并不显生气，反让我觉得像是盔甲裹体，沉重得透不出气来。以往大寒到来，乌桕和大花紫薇这时叶子早已转红，如果在冬日艳照中会红得透亮，特别是枫树，早已站立在高高的山坡上摇着红色的旗子向我招手。可是今年，枫树也并不怎么好看，叶子晦涩得很，只会变残变瘀，哪还有什么"金红到绯红"的变化和展现？我很想问诗人蔡其矫，你写《红叶》这首诗是在冬至还是大寒？是写给哪处山哪片枫林？我希望能够沿着你所指的方向找回那块诗意的地方，去堆积我对冬天红叶的思念。

断鸿声中传来噩耗，我的愿望也变成哀思：当代著名诗人蔡其矫1月3日凌晨2点因患脑瘤在北京家中去世，享年89岁。悲痛顿时盘桓在我的心头。记得最后一次见到他是和洛夫一起参加三明范方诗歌朗诵会，蔡老身体还很健朗，会后还兴致勃勃地冒雨游览大金湖，回来后在福州凤凰池寓所家里除了自己写点东西，常有学生朋友登门谈诗聊天。去年11月中旬，老人到北京参加了作代会，不料在作代会期间摔了三跤，当时便感觉左腿和手不太好使，提前回家被送进医院，检查结果为脑瘤。他的长子蔡阿端说病情"发展得很快，连头带尾一个多月，我们连他最后写的那些东西都来不及替他整理出来"。

"在现实和梦想之间/你是红叶焚烧的山峦/是黄昏中交集的悲欢/你是树影，是晚风/是归来路上的黑暗"——这是蔡其矫诗作《距离》里的几句诗，每每是我在一些文人的聚会上耳熟能详的朗诵作品。我和他有二十多年的交往，也许是因为性情相近，在对诗文和做人上多了些意会和默契，属于忘年之神交。我也曾为他的诗作写过些评论，在他认为还比较到位。前年的情人节，我看到他站在街边，一手拿着他的佳作《思念》，一手拿着鲜艳的玫瑰花，送给路上的情侣。他身边跟着三个美丽少女，手持精美的诗签，里面印有里尔克《爱的歌曲》、叶芝《当你老了》等爱情经典名篇，连同鲜艳的玫瑰，免费送给路人。他的浪漫情怀不仅仅感动过年轻的诗人，也给这座他生活的城市带来暖意！我没料到这个残酷到不见红叶的冬天，让一位热爱生命的灵魂黯然消逝。诗坛痛惜，文人扼腕。这个脱俗飘逸的老人，爱和诗绵亘他的一生，他70年的诗歌创作生涯，几乎每个时代都有传世之作，被誉为中国诗坛的常青树，诗界独行侠。诗人酷爱红叶，红叶成为他诗中常用的经典意象。"他是中国现代最优秀的诗人之一。"上海作协副主席、诗人赵丽宏这样评论这位诗坛老人。蔡老逝世的消息，除了北京和蔡老的祖籍福建的媒体外，其他地方媒体的报道并不多见。对此，赵丽宏认为"这是我们的悲哀"。赵丽宏说，现在的年轻人大多不知道蔡其矫，因为媒体对他的报道数量，远远少于那些明星的八卦新闻，"媒体只追逐当红人物，可是红并不等于有层次，我们何时才能看重那些真正高雅的东西？"诗人北塔说："蔡老属于老一辈诗人里面能够让我们年轻人喜欢的诗人，文化界、诗歌界审美上的断层还是非常厉害的，很多前辈诗人的作品从文本、诗艺上来说不被我们认可，蔡老的作品基本上还是被我们所认可的。"

我现在明白了为什么今年不见红叶。当生命中最深厚的灿烂一如烟花散去，我的哀痛被逼进每一丛树林的每一片树叶，去追寻那一枚红叶——那藏存在诗人心底的大爱与梦想，那生命中果敢的抒发和自由的表达，那衰老季节里的激情和燃烧的心……如果岁月里没有红叶，山谷和河流都会感到寂寞；如果一座城市没有文化名人——哪怕他是默默蛰伏在这座城市的边缘——那摩天楼和霓虹的闪烁都会显得奢侈和虚浮！

又一个情人节即将到来，福州的东街天桥上再也看不见一个穿着红夹克的老人一手拿着玫瑰，一手捧着诗集，微笑着向每个过往的路人馈赠了，他已登上了天国的阶梯，那里有成片的红枫，我看见他正以诗神的姿态朝着尘寰中的我们致意微笑。

> 我做梦：红叶，烟火，茶花
> 　于幽暗的室内，都在
> 　对你缅怀啊
> 　当你不来

不凋于岁寒

缘于敝帚自珍的情愫，编余常常翻看《福建文学》合订本，每次，我都隐约感到一个蛰伏其间的身影渐渐明晰：瘦削高挑的身材，鼻梁上压一副像啤酒瓶底似的黑框眼镜，笑时双颊上薄薄的皮肉便向上扯起，鼻翼两侧拉出八字形的褶痕，一头乱发毫不拘束地耸立起来。

一位同志说，徐荆公模样儿颇像闻一多的木刻肖像画，但我觉得他看上去没有闻一多那么傲骨，倒有几分乡村塾师的朴拙厚道。

自徐荆公退休后好一段时间没见他了，这晚得闲，便在黄巷19号这幢文曲星荟萃的楼房找到他的寓所。这里无玲珑典雅之窗棂，借以摄目远眺外界的景色，陶冶性情，屋里屋外都显得逼仄。一副书架排满了书籍，收拾得清爽干净，古色古香。趁他手忙脚乱张罗茶水时，我细细地巡看着主人的书库，古今中外的名著琳琅满目，心中不禁叹道：要集存这么多的书，他大概倾其生活费用以外所有的薪金！

生活中他显得木讷，不善交际，也极少为自己提过要求，但对每位投稿者都有一份真诚。1982年一位刚从厦大毕业的学生写了一篇评价范方诗作的文章，稿子必须改写，但作者已外出，于是他整整两天伏案劳作，将题为《探索者的轨迹》一文改好，发表后，就被菲律宾《世界日报》转载。他还在编辑过程中无私地奉献出自己毕生积累的材料、观点，去丰富作者的创作。他说："文章改好，对社会有益，这就是价值，个人的得失就无足轻重了。"近年来，省里一批崭露头角的青年评论家，大都得到他不同程度的帮助，那年还在师大中文系当教授的王光明在写给他的一封长信中说："我一直把您当作父辈老师，在心里敬仰着的。""想到您，我就觉得写文章时要认真些，扎实些。"

多少年来，编辑头上总是风云不定，波诡云谲，他年龄虽大，但并没有因此屈膝佝偻地迎合，仍有自己独立的见解与态度，活而不乱，稳而不僵，建立了《福建文学》"清醒而稳健"的理论风格。

在文学的瓶颈外拥着多少人，经他亲手提携的作者，招工、提干、上学、入党乃至成为学者名流的不胜枚举，而他自己却一天天老了，特别是他的眼睛，一生中不知换过多少副眼镜，而今天，戴上1600度的眼镜，两眼视力还不足0.2。尽管他栈恋纸香墨沁的编辑室，尽管凭才智与经验他无疑是最好的编辑，但他也不能不放弃一生为之奋斗的事业，退休离职了。

但他不能离开书，这一生中他唯一的嗜好就是读书、买书、藏书。他读书涉猎面很广，有《易经》、道、佛、禅宗、美学等，还有未来学、心理学、医学、天文学等。他说，生活要有思想，有心得，更要有爱的感受和自我的启发，我现在更关心宇宙人生这些问题，读书能使你心境开朗，能够正确对待疾病和家庭，参透生存，感悟更深邃幽远的人生，在死亡威胁时，保持乐观、坚强、宽厚的态度，也赢得内在的自由。说着，他又颇有心得地到书架前取下一本金马著的《生存智慧论》介绍给我。我注意看他，他身材仍那么颀长瘦削，稀疏的华发，像摇曳的芦白，孤立冷清，却不凋于岁寒。

送我出门，他还不无歉意地说："我奉献得太少了，可惜身体不好，不能再任编辑工作了！"

看得出，他对奉献30年的刊物还难舍那份情。

母　亲

　　母亲没有任何爱好，除了当一辈子的护士，她就想照顾好四个子女。

　　母亲不认为头脑聪明有多么重要，她让子女读书，又怕那些沉重的课本把我们压成书呆子。我从来没见过母亲训斥我去做作业，更没有见她拿着鸡毛掸子为了学业上的事对我耳提面命。在母亲的记忆中，很多学识渊博的人都没有好结果，很多人因为会那么舞文弄墨几下子就遭了难。母亲固执地认为在世间万象中白纸黑字是最可怕的。

　　听我舅舅说，母亲年轻的时候可不是这样，爱好广泛，哪里有新奇的事就往哪里钻。那时候我母亲的叔公是省城里数一数二的名医，黑道白道全把他捧为"医仙"，家境自然阔绰。叔公没有子女，就偏爱母亲一人，娇养纵容。她浑身上下一股任性劲，在城里那一带是有名的伶牙俐齿的"疯丫头"。

　　我曾偶尔一次在旧箱底看到母亲保全着少女时期唯一的一张照片，乌黑的发髻高高地挽起，簪花微笑，确实妩媚动人。我怎么也不相信那就是她，拿着照片问："妈，这真的是你？一副资本家小姐的样儿。"母亲赶忙抢过照片："小孩子别乱翻妈妈的东西。"随即侧着脑袋端详起照片上的自己，一会儿问我："像不像？像不像你妈妈？"我看看照片又看看妈妈，老实地摇了摇头。我听到妈妈轻轻地叹了一声，用指尖点上我的前额说："都是你们不听话，才使妈变成现在这样又老又丑。"

母亲 1952 年跟鼠防工作队到了闽东农村，一落千丈的环境把母亲磨炼得特别能吃苦，性格也倔强起来，但也使她更加顺从认命。记得那时我还在上小学，公社里来了一大批"下放干部"，这些人大部分来自福州，乡音一对上就特别亲切，我家也成了下放干部来往的"客栈"。母亲觉得他们挺可怜的，对他们特别热情，总是把家里最好的东西拿出来招待他们。这些人无论大小都叫母亲"依姐"，因此那一阵子我认识了不少的"舅舅"和"姨姨"。

学校已经是半"放羊"状态，一听到放学的口哨声，我就像长翅的雀子，呼啸地飞出校园。在河里摸鱼，上山采桑椹子和其他果子吃，玩弹弓和纸牌……难得有这么一个自由无拘的童年。渐渐地母亲耳里传来各种各样的告状声，母亲怕我在外面闯祸，就请了一位懂英文的下放干部教我咿呀地发音，目的是将我"软禁"在家。可是我天性对这些"蝌蚪文"没感觉，倒是开始喜欢上古典名著，《三国演义》《水浒传》《说唐》《岳飞传》等一套套偷偷地抱回家看。母亲看见我读这些古旧发黄的大部头书大为惊恐，严加禁止。母亲制裁的办法是当初最流行的办法——把书撕了并投到炉膛里烧掉。母亲指着下放干部说："他们都是好人，就因为书读得太多才落难的!"我看着炉膛里书燃起的黄色火苗，精神恍惚而迷惑。

母亲最用心的工作是喂养我们，每天三餐她都盯紧紧地，决不疏忽其中一个。那时虽没有山珍海味，但饭还是可以让你吃个半饱。母亲从来都在我们吃完后才吃，可是每回坐在饭桌前她都说已经先吃了，还说上一通今天饭菜口味的特点，做出一副吃饱喝足的样子。可是有一回我发现母亲将我们吃剩的饭菜调在一起，偷偷地在厨房里吃，三口两口就把饭扒到肚里。我忍不住冲进去："妈，你骗我们，你没吃饭!"母亲故作轻松地笑了一下："傻孩子，我怎么会没吃饱饭？我是怕你们浪费，把剩下的也吃了。希望你们以后都别吃剩下，好吗？"

就是在那时，母亲落下了胃病。

就是从那时起，我暗暗地想，哪一天我能挣钱了，最要紧的事是让母亲吃饱，治好母亲的胃病。

插队时我才15岁，还不到上山下乡的年龄，母亲虽心疼，但也拗不过我，还是整理好我的行装，送我到农场。母亲知道我插队的点叫良种场，很高兴，逢人便说："种粮食的地方饿不了我儿子的。"可是话虽这么说，在我下场的头一个月里，她就托人捎来了炒面粉、猪油和一些粮票。也许是一种习惯（我上高中时就寄宿在学校，也常收到母亲寄来的这些东西），也许心里还不够踏实。

半年之后，从收成中我分到一百多斤的地瓜，我请了个假挑着地瓜回家。从场里到家要走十多公里山路，路上我想着，让母亲亲眼看到我的劳动成果，也好说服她不要再给我寄吃的了。一路上挑挑歇歇，经过半年多锻炼的身子骨还挺得住。当我把这百来斤的地瓜挑到了家门口，母亲站在院子里愣愣地看着比以前更黑更瘦的我，突然眼睛里溢出了一泓的泪水，紧接着泪水无声地奔涌而出。

那顿晚饭，母亲把正在下蛋的母鸡杀了，盛上满满的一大碗。母亲在一旁默默地看着我吃，眼睛是一潭阴云下的水，使我不敢抬眼正视。

瓦罐与老人

光在上面打了个弧旋之后落下来，那便是它的轮廓。从这个侧面看去，青釉光洁但不具体，形态在逆照中有点混沌，却又蕴含着无限的色彩；那光泽也不是采自外界的光亮，而是从瓦罐里透出来。

瓦罐隆起的肚子比什么都伟大，一副憨态朴拙的样子。

这是你从家乡带来的唯一奢侈品，放置在高高的博古架上，眼观手不动。

149

每次盯着瓦罐，你的神气总是那么肃穆，某种契合性的音乐像从心底流出，潺潺地淌满地下，留一处斑驳的暗影。

你赶在春雨无际的时候，背上画板去家乡那个坳垛口，艰难、寂寞，大路上空无一人，所有笼罩在雨幕中的农舍都死一般寂静。你担心这时候瓦罐不能出窑成形。破败的茅寮挡不住风寒。雨濡湿了你的发梢，贴在你额前的一边，单薄的T恤衫紧裹住你的身形，你更显得曲线玲珑。

这就是你久违的故乡。从坳子口往南。

这里的风雨与阳光雕琢你的身形，每一声熟稔入梦的踏陶板发出的"吱吱呀呀"的声音都是一首古老的歌谣。

茅寮依旧在，踏陶板留下一个深嵌的脚模子印，这是故乡几代陶农的印迹。坐在那上面像踏谷机似的有节奏地踩着，土坯模具泥转动起来。没有丝毫色彩和温暖气息的地方，一只只瓦罐的毛坯，在旋转的瞬间成形。

你从意识幽暗的荒坡上走来，穿过雨季长长的道路，你说要去寻找夕照打向故乡土地上的感觉。可你却这般披着雨，驻足在这茅寮前，久久不能离去。

瓦罐上面的釉彩的纹饰光洁而奇妙，很难用画笔去描摹，它始于自然生成的艺术。这你心里清楚。你站在这像要倒塌的棚架下面，被排列在土房里的一只只形态独异的瓦罐所包围，你感到一股情绪涌动着塞住了喉头。

手多么粗糙，像快要皲裂的松树皮，它又灵巧无比，在土坯上弹性地跳动，魔法般塑造着它，随心所欲地改变它的形状。坐在那上面的是一个老人，坳里人都叫他"瓮瓮"爷爷。他身上披着一块泥水斑驳的发白的蓝布衫罩衣。在他抬眼看你时你的心揪起来了，他的瞳孔已十分浑浊，像涂了一层阴翳。他在这个踏陶板前坐了一辈子，一辈子佝偻着身埋着头，拨弄那永远拨弄不完的泥土。

瓦罐。老人。

老人龟裂的面纹上你仿佛看到了瓦罐的历史。老人的肉体已经完全干瘪了，但没有泄气，他的手仍气势不凡地操作着。

这瓦罐艺术形成的确切历史你记不清了，只听说在再坚忍的骆驼也会困倒的沙漠，在千古流存的黄河源头，在中原大地的丘陵与荒冢中，在西藏高原冰雪覆盖的地方，都会找到它的砾片。

你真实地认识它是在 20 年前，你佝偻在低矮的茅寮里，潮湿阴暗生冷的地方就是父母曾经多次描绘过的故乡。是老人用瓦罐盛着他从牙缝里挤出的米饭喂养了你。当你得了风寒，也是老人彻夜围坐炉旁，用瓦罐煎药一口口喂好了你。

清晨，你提着瓦罐到山涧里去汲水；傍晚，你将晒好的芥菜用盐腌制，一根根塞进瓦罐里。

水瓦罐盛着，米瓦罐盛着，酒瓦罐盛着，菜干、豆腐干、萝卜干用瓦罐盛着，连晚上用的夜壶也是用瓦罐来代替。有一回，你从涧里提回一只石鳞，一边用瓦罐清炖，一边哼起了歌，老人排上大大小小的瓦罐，用木槌鼓击起来。声音浑厚清纯，像从地缝里发出的远古悠远之声。

奇怪的是那一刻你却想到了死。你常常看到人死了以后，骨头装进瓦罐里埋在山坳上。

"瓮瓮爷爷，你会死吗？"

"当然，人都会死的！"

"埋在山坳里的瓦罐会自己破了吗？"

"瓦罐生于土，也归于土，当然也会破！"

那一夜你枕着瓦罐睡着了，半夜被一阵咳嗽声震醒。茅寮里摇曳着一盏灯苗，瓮瓮爷爷土坯般的脸庞上神色专注，他牵着线，手颤抖地一针一针为你缝补衣服，做惯了瓦罐的手这时显得十分笨拙。

老人这辈子没结过婚。听说老人年轻时是这个坳子里数一的汉子，精壮英气，像山里的大樟树，擎一树浓荫。喜欢瓮瓮爷爷的妹仔比这草寮里的瓦罐还要多，"砣磴砣磴"地踏着石板，可以排到后山坳去。有一个绿妹子曾和他对上过调，可瓦罐里养不住嫩苗苗，荒腔走调的瓮瓮爷爷，这辈子注定要光棍一条。

那排成音乐的瓦罐还立在那儿，灯光映在上面，青釉上泛着青绿色的光。瓮瓮爷爷又拿起了木槌轻轻地在那上面敲打着，瓦罐像音律丰富的灵物，流泻出的声音玄妙极了，像天籁发出清律。老人压低嗓子，和着唱。说实话，瓮瓮爷爷唱的什么你一句也没听懂，也许它本来就是一支无字的歌。山野的荒腔野调，他唱得太专注投入，虽然嗓音苍老，还有点嘶哑，但却唱得抑扬激越，韵意悠远。

老人的脸从来没有像那一刻那般情韵生动，换了个人似的，神态也有点古怪，脸上重重叠叠的愁纹全部熨平服帖了，火苗映照着他，两眼晶亮晶亮，泛着瓦罐一般青釉的光泽。

你不知自己是受了启发还是感动，泪水不禁地滑落，像是走过千里荒漠的骆驼，焦渴疲惫之中，骤然听到敦煌宣卷中的佛曲，心中被一股圣洁与渴望的情绪溢满。

茅寮里的瓦罐盛着山野的空气，还盛着瓮瓮爷爷的一个破碎的希望。瓦罐对于一个人的生活来说不过是一件平凡的器皿，没有故事没有情节，可对瓮瓮爷爷就不同。那晚，你渐渐地从瓦罐中读懂了什么。

父母带你离开的那天，多雨的山坳天晴得出奇，一切都变了个样。黄昏打断了与瓮瓮爷爷离别的愁绪，走在丘陵高地上，见老城隍庙那边的红墙、绿色植物、白鹅、池水都被重重地抹上激动人心的金黄色，你抱着瓮瓮爷爷送给你的瓦罐，全身心浸透在这迷醉的金黄色中。在坳口时你回过头来，瓮瓮爷爷还立在那茅寮前，眯着眼向这边望着。夕阳同样镀着他、茅寮和垒立在墙根边的瓦罐——你的脑子里永远留下了这幅历史性的油画。

托着腮帮倚望瓮瓮爷爷送你的瓦罐，你看着那青釉上的幻影，开始对火的淬炼有了疑惑。

你寻思着要去完成那件悬着的油画，带着心中的疑惑。世事茫茫，一悬就是12年。

你的居室已经是意想不到的宽敞，意大利式全套新式家具和各类现代用品：热水器、彩电、音响、电冰箱、电磁灶……你的博古架上却执拗地摆着这件瓦罐。在这种气氛中，瓦罐越显憨拙。无论是室内灯光还是自然光的照射，或是四季的万象更迭中，瓦罐都会奇诡地变幻着颜色，只要你想什么颜色，它就会泛出这种神思幽缈的光来。

你曾怀疑这是自己视觉的特异或冥想的怪诞，请教过朋友，大家都说是这样，想什么就是什么。

也许是茅寮里的精灵塑造了你，你纤细敏感的心灵触角和容易被艺术和爱魅惑的灵魂带点儿病态地牢牢地吸住了瓦罐。

瓦罐原本应该是什么颜色？这问题在沙龙里展开争论，朋友们都猜不透。你说是泥土的颜色，它令人想起了生命和责任。朋友们拿沉默的眼睛盯住它看，都沉吟进泥土的构造的默想之中。

一个人一生只要对一件事物能参透，就不枉走了世间的路一遭。禅宗有偈语，悟性就在你心中。哪怕是天上落下的雪，河里游来的鱼，道上长出的草，都自有其天理轮回，就是老人曾对你说过的：罐生于土又归于土。

因为没有夕照，你无法捕到那种激动人心的金黄色，油画仍无法成形。

老人迟钝地举起目光，移过你的脸又转向了一边。他没有认出你来，那个曾经蜷曲在茅寮里的丑小鸭。你这时按情按理应该扑向前去，抱着老人大哭一场，可你没有这样做。你已经是一个成熟的女人，有比瓦罐还要丰富的曲线。周围仍有那么多的瓦罐垒立着，布满了老人的眼睛。

女人、人伦、欢乐与爱，老人这一生把希望与梦想都埋进了土里，他一定不记得 12 年前离去的女孩。

老人一生从家乡土地上吸取的精元之气都糅合进了瓦罐里，殚精竭虑地操作。那瓦罐闪射的釉光是老人的血气、精气和胆气！你终于还是没有扑上前去。你害怕那样会打碎了他手上的瓦罐，那是十分残酷的。

踏陶板已经十分滞重，转动轴推着土坯上的圆盘"吱吱呀呀"地转着，泥甩在上面。老人的手有点颤抖，但在关键的部位上分寸都把握得毫厘不差，一只只瓦罐就像从一个印模子中出来一样。老人的眼已经完全混浊了，黏着厚厚的分泌物。这时的他不是用眼、用手操作，而是用心！

走的时候你还是背着一画夹的雨，夙愿终不能实现，你无法给这个茅寮、瓦罐和老人抹上那辉煌的金黄色，不仅仅是在于天气的原因。

这回离开家乡，你没带走瓦罐，只是带上了一块瓷土。

遭遇南帆

一

二十多年前就认识南帆了，他和北村是厦大中文系校友，我和北村在《福建文学》杂志同处一间编辑室，就在这狭小的到处堆满书籍报刊的地方，我们遭遇。北村刚从大学出来，每天上班就是趴在桌上不停地写他的小说，满脑子想的都是人物故事情节构思，那时他理论上的名气一点不亚于创作，可以很轻松地用系统方法论原理解构任何一篇新时期创作的作品，而且让你耳目一新。只有南帆过来，北村才会放下手中的活，点起烟来，两人开始神聊。那阵我正忙着"中国潮"报告文学的组稿和创作，不太关注他们的话题，但是南帆就此给我留下深刻的印象：儒雅、从容、睿智、友善和帅气。

后来我离开《福建文学》去办报纸，北村漂到了北京，我和南帆遭遇的空间越来越大、概率越来越小，以至于南帆说我曾一度逸出了他的视野。但我还时时会念想着他，我和他的遭遇没有停止——10年后他给我的报告文学集《都市彩色风》作序，又过了10年，他给我的诗文集《白色情绪》写了序言。据孙绍振教授说南帆很少会给人作序的，竟然给你写了两个序，可见对你够哥们。

其实南帆把我看得很透，说："哈雷不再梦想用诗搭成一层一层的阶梯迈向文豪的宝座。他的诗没有庞大的象征体系，没有缥缈的天国或者阴森森的地狱，也没有宇宙本体和形而上学的观念……"能为我的书作序，看来就是早些年在《福建文学》遭遇的那点缘分，而这种缘分至今还残存在他的心里吧。

现今，我依然徘徊在文学的边缘，而他已成一名国内著名的评论家，散文家，教育家，全国政协常委，中国文艺理论学会会长，福建省文联主席，福建社会科学院院长……

从在巷子里毁墙揭瓦的调皮小子，到用冷峻和绵密的笔触探析世界的写作者——在诸多领域出类拔萃，我遭遇的是怎样的一个南帆？

这个年末岁月，南帆成了一个欢乐英雄，获奖频频，他的《乡村与启蒙》获得中国文联文艺评论奖，接踵而来的是福建省作协文学荣誉奖和福建社科优秀作品奖，并且顺利当选为中国民主促进会副主席、福建省政协副主席。

文政兼优，在理论批评和文学创作上皆荣膺过全国大奖，历数中国文学史的灿烂星群，也是寥寥不多见的。

北京一位大名鼎鼎的青年作家曾经说："南帆的书，我见一本买一本……"而我的朋友阿正则开玩笑说："南帆的书，我是见一本讨一本，而且本本都要他亲笔签名——我等着它们增值呢！"南帆的文艺理论著作被许多高校的博士生们视为必读书，虔诚地放在床头，但想啃动他的书，那是得费上一番力气。

《辛亥年的枪声》散文集摘取第四届鲁迅文学大奖，11 月 1 日福建省作家协会和海峡文艺出版社举办他的散文作品研讨会，本省作家理论家云集，共享这次文坛盛宴。章武说读南帆的书要泡好一壶茶，正襟危坐，冥思苦想；而我说我读书比较懒，一般是躺在床上读，但读南帆的散文，常常是读着读着从床上爬了起来，走到窗前，浮想联翩，夜不能寐，掩卷之后还久久陷入沉思中。

他的散文是在地下运行的地火——思想的声音在体内会发出尖锐

的叫声。

二

　　幽默散文大家孙绍振教授对南帆推崇备至，他的散文写作在南帆之前，那是 1990 年在德国进修时期，为了抵抗孤独才开始写散文。他倍感时下文坛的小女子散文、小男子散文的矫饰滥情，摒弃散文的诗化和抒情风格，崇尚"散文当以非诗者为上"创作原则，开始进入审丑——偏爱自我调侃，自我解嘲，即幽默。他的散文妙语连珠，谐趣盎然，一些佳篇还被入选到中学课本里。可是在南帆作品讨论会上，他依然风趣幽默但却歆羡地说："我这一生创作'不幸'遭遇两个人，写诗遭遇舒婷，让我搁笔不再作诗；写散文遭遇南帆，也让我又差点不敢再写散文。"好像言说中有种"既生瑜，何生亮"的感慨！

　　孙教授不久前著述一文《读南帆，知余秋雨之不足》，在报刊发表后着实又引发一场震动，有些网友公然打出"捍卫秋雨"的旗号来，即便如此他们也承认孙教授所述循学术之理，无偏颇恶讦之嫌。通过对历史散文的一番比较后，孙教授认为："从把散文当作抒情艺术的人士来看，南帆好像不像是在写散文了。然而他的确是在写散文，不过，他不是在写传统式的审美散文，而是写另外一种散文，不是把审美情感放在第一位，而是尽可能把审美感情收敛起来，使之与智性的审视结合起来。他是在运用他的学理来感觉历史……相信欣赏余秋雨的读者，再来读南帆，如果真正读懂了他的追求，就不难发现，南帆和余秋雨的思想和艺术的距离，不是地理的，而是时代的。"

　　南帆素以理论批评著称，但这些年人们遽然发现，他的散文，毫不逊色于他的理论文字，人们开始注意南帆的散文。对散文这一文体的创作，按南帆的话来说只是他"从个人的兴趣和爱好出发的非职业化写作"，八成的时间他还是用于理论研究和文学评论上。散文之于南帆，最初只是"如同离开城堡来到郊野"，是他对专注已久的文艺理论的一次短暂的"出走"。在严谨缜密的理论探索中，最没规矩、生机勃勃、无拘无束、最自由的散文文体给他豁然开朗的惬意和轻松，生命在这里找到了契合点。就像一个长期囿于学堂的顽皮孩子，突然跑到了原野，树丛的鸟窝和小河的翔鱼一下子吸引住了他，再也刹不住自己自然天性中的玩兴——他的散文创作一发不可收。在理论和创作两极相互参补中带给他的回应是那么相得益彰，那么激情喷发。这是他始料未及的。原来只是想将散文作为他置放边角料的后院，一切都在不经意间，那些感觉、意念、幻想、事件……暂时还没被采用的理论创作的"原材料"随手捡拾起来，堆积在散文的"筐"里，日复一日，这个文体已经深入地嵌在他的庸常日子里，激活种种经验，赋予文学形式。从20世纪90年代中期开始，他写作和出版了《文明七巧板》《星空与植物》《追问往昔》《自由与享用》《叩访感觉》《没有重量的生存》《关于我父母的一切》等多部散文著作，并且主编有《美文典藏》与《七个人的背叛》等现当代散文选集，还有多篇散文获奖。散文的自由精神在他的作品里得到了淋漓尽致的发挥。

孙绍振教授曾这样对我说过：南帆是个真正的散文家，日常生活中的随便什么东西都可以成为他散文的素材。是的，南帆的散文还善于从微观和具象入手同现实对话。于是，我们看到了作家笔下一系列直接切入技术和商品时代特有物象与话题的作品，将生、老、病、死、食、性、手、躯体、服饰、肖像、拳术、体育等演绎得与我们模糊意识中的景观完全不同，其丰富程度令人叹为观止。所有这些被南帆物语化，更加异态纷呈。这些琐屑生硬的现象一旦被南帆拆破，即会产生深刻的意义指向：在物质化和欲望化的年代里，人的灵魂应该持有的超越与人的个性的张扬，由此通达你心灵最敏感的部位。他出版于2004年度的《关于我父母的一切》，细微地画出父辈的人生轨迹，精确地呈现了在巨型历史裂缝和错位之间，人的渺小和无奈，以其文化的理解和宽容对个体的创伤记忆、时代的内在迷乱给予了真切的关怀。他所揭示的是时代不可抗拒性和人的趋同性，以及人与历史互相改写的复杂境遇，既有对亲人命运的追思，也是对历史文化的拷问。

南帆散文力量正以一种新的诡异多变的触角松动权威散文的基石。

三

生活中的南帆并不像他的文字那样，让人觉得很"酷"，而是随和、友善、宽厚，有时笑起来还有点羞涩。他对自己的作品要求十分苛严，始终认为要写的东西必须是别人没有说过的话，观点是独特的创新的，触动自己心灵的东西，"那种文学上、气节上、气氛上、情趣上的细节的真正能触动的东西，文学必须有这样的触动才能出好作品。"但他对别人学术上的问题就显得包容很多。有一年研究生答辩，他当答辩委员会主任，进来的一个女生通读了她写的三万字的论文，其中大量抄袭了南帆的作品，读罢，南帆幽默地对她说，"你在论文里引用了我8000字的文章，你应该记得注明出处。"这位研究生花容失色，在尴尬、汗颜之中深深感到南帆委婉的批评又给她留下了面子，使她知道今后该怎样做学问和做人。

他的一位学生告诉我，当年他在师大文科班讲课，隔壁的"色"女生常常会偷跑过来听他的课。早些年，有家出版社编辑拿了张他的照片请美编勾个线描，大概是作者简介要用，顺口介绍说，这位作家乃是"江南第一美男子"，美编室的女编辑促狭得很，撇撇嘴："我怎么没看出来嘛。"那位编辑故意回答说："我是特意挑一张不怎么样的照片拿来，免得分散读者注意力。"他们于是好奇了很久，这个南帆到底帅不帅。过了些年，他们好不容易在一次座谈会上见到南帆，确实不负盛名——真人较之这张照片更年轻，也更帅气，他的学术权威的气势一点也不影响他的翩然的气质和风度。高傲的美编这才折服认可。

孙绍振有次说他："南帆，你这么帅，却没有听说什么绯闻，实在是难得。"南帆回应得也有趣："你这是对我的表扬，还是对我的批评啊?"福建省第一个文科博士点是他和孙绍振、刘登翰等人建立起来的，多年来他带的博士生中，不少是妙龄女子，但都很畏惧他的酷。似乎在女色面前，他更显示其冷峻的一面。他的同学朱水涌在《南帆无故事》一文中写得更夸张：南帆那般的英俊与才情，有那么一点古希腊人以"全德"识人的意思。学术领域和帅气无关，与英俊无关，文化关乎才情、思想、高度。在南帆送给我的著作里，我确实看到一个有趣的现象，在简介上配的照片好像都是很随意给出版社的，没有刻意选择，所以都没有真实的南帆好看。想必南帆是个爱惜羽毛的人，这辈子不打算做风流才子，多少年来被人夸作帅哥美男，大约也有点烦，故此情愿扉页上用那张"不是我最好的照片"吧。

南帆的"业余"生活是丰富的，他喜欢乒乓球、围棋，而且也玩出水准，他的棋友和球友评价是"相当不错"，认为在小柳那一带的社科院和党校范围，这两项他都具备夺冠实力，而且也运气不错地常常会拿到冠军。"当然任何一场球，我都可能赢也可能输，这是生活，而非竞赛。所以我认为，做什么事，'业余'都会比较快乐一点。"南帆说这事时，神态显得十分轻松和满足。

南帆现在的婚姻生活是幸福的，他的妻子是福建的才女北北，北北以小说家特有的细致和对生活情节的天才构思精心经营着婚姻生活，给南帆带来个温暖美满的家，也给南帆创作整理和提供更丰富的生活素材和典籍资料，带给他创作的激情和灵感。在《辛亥年的枪声》中，南帆几处提到"女小说家说"，我想应该指的就是北北其言，可见两人在创作上的相濡以沫、灵犀相通。南帆也是一个细致的人，今年4月我和北北都在北京大兴国家新闻出版总署培训学习，早晨8点上课，南帆怕北北耽误课时，每天早上给她电话"叫早"，关怀备至，让小说家的北北十分受用。从这件小事我看到了学者南帆，也有着林觉民式的侠骨柔情的一面。

而今，越来越多的人倾向于相信，文学正在消失，或者说，文学正在退隐。一个漫长的文学休眠期已经开始。精英视线转移，大部分公众已经从文学周围撤离，社会文心显得空前寂寥。南帆在这样的时候获得鲁迅文学奖，给福建文坛带来振奋，也给我带来振奋，使我们有理由相信，无论世道怎么被物质驱使，不仅股票、汽车、楼房在牵动着我们，思想和美丽的文字，一样会来到我们的日常生活中。

160

求 真 之 殇

——悼念巴金老人

2005 年 10 月 17 日,"神舟"返回,又一世纪老人驾鹤仙逝。在民族的自豪和历史的凝重相交的刹那,巴老,你生命终结的最后一笔也像你的作品一样,充满了激情和诗意!

你的离世从一种意义上宣告了一个时代的结束。在"鲁郭茅、巴老曹"那一代被誉之为现代文学奠基石的大师们之中,你是最后一个离开人世的。

从 1927 年你的第一部小说《灭亡》被人们认识以后,七十余年的创作生涯中,你为中国文坛贡献了以《家》《春》《秋》《雾》《雨》《电》以及《随想录》为代表的不朽作品。1995 年你摔倒在书桌前,从此一病不起,1999 年因肺部感染进行器官切除从此不能发声,然而,作为五四文学时期硕果仅存的一位大师,多年来,即使在病榻上,你的存在仍被看作温暖着中国文坛的一盏明灯。你在就是一种力量,一种象征,你像灯塔一样照耀着我们这个时代,照耀着我们的文学界和知识分子,所以大家希望你活着,活得再长一点。你的生命的延长也就是代表的那个时代的延长。

你曾在散文《忆》中忏悔道:"我是一个充满矛盾的人。我过的是两重的生活。一种是为他人的外表生活,一种是为自己的内心生活,我的灵魂充满了黑暗。"你只是一个胆小怕事的文人,早已习惯于逃避。在一个正常的社会里,你完全可以做一个道德高尚的好人。

但是，在一个人变鬼的时代里，你无法成为你自己。你说满脑子都是"想不通"，虽然想不通，但又怀疑自己真有罪，思想改造不彻底。那时你唯一的办法，就是通过受苦来净化心灵。人们斗你，你低头认罪，人们高举双手喊："打倒巴金！"你也高举双手，高喊："打倒巴金！"你像觉新一样地去忍让与承受着屈辱和痛苦，为保护自己的家庭和爱人，还有你自己那一点点做人的空间。我们还有什么理由，还如何忍心对你求全责备呢?！也许是真心相信了上级的战略部署，也许是违心被动地表态，也许是被心魔控制不能自已，你发表了《必须彻底打垮胡风反党集团》《他们的罪行必须受到严厉的处分》《关于胡风的两件事》《谈别有用心的〈洼地上的战役〉》等文章，声称要将胡风等人打入"深坟"，你还在上海作协多次主持批判二十多年的好朋友胡风的大会。沉黑的岁月，竟使那么温和的一个人，变得没有一丝温情。

是妻子萧珊的死让你真正警醒过来，痛悔自己所做的一切，你的懦弱和退却只会让邪恶力量有恃无恐，并不能挽救你的爱人，你再次重演了觉新的悲剧。在《回忆萧珊》中，你多次提到萧珊的眼睛"很大，很美，很亮"。你还写道："我望着，望着，好像在望快要燃尽的烛火。我多么想让这对眼睛永远亮下去。"每次有人来访，看到骨灰盒，你就会说："她是我的生命的一部分，她的骨灰里有我的泪和血。"你对来人说："这并不是萧珊最后的归宿，在我死了以后，将我俩的骨灰和在一起，那才是她的归宿。"言语之间透出一股"爱人已逝，孤侣何伤"的凄凉。

文学是真诚的，真诚是人们赖以生存的心灵的指标，也是文学大师横空出世的原动力。中国最好的文学创作应该是五四时期，摘取诺贝尔文学奖的丰硕果实没有比彼时更肥沃的土壤了，曾经的文坛巨匠沈从文、钱锺书、曹禺等等后期均无多大建树——"从此三篇收泪后，终生更无复吟诗"！你和他们一样也是个真诚的人，是个善良的人，是个有才华的人。然而你生不逢时。后来那个特殊的时代，使一个有才华的人不能尽展其才，使一个善良的人有了斑斑劣迹，使一个真诚的人变得虚伪圆滑——文学思想最辉煌的翅膀和时代交错而过，就那样翩然离去，令人扼腕！

鲁迅先生说，我们是个健忘的民族。我们在麻醉和搪塞中平复了内心的失落与痛苦，却和历史的真实一次次失之交臂。你是到了晚年的时候，在十年浩劫之后，第一个提出"说真话"。从 1978 年 12 月到 1986 年 8 月，你战胜了病痛、衰老、谣言以及种种干扰，耗费了 8 年时间写成了 150 篇共计 42 万字的巨著——《随想录》。《随想录》被公认为中国现代思想文化史上的一座宝库，它不仅标志着你的文学创作攀上新的高峰，也更使你因"讲真话"的巨大勇气，而成为一个特殊时代中最具标志性意义的榜样。你敢于以自己的笔，剖开自己的胸膛，取出自己的灵魂，进行责问和拷打。你在《随想录》中写道："我在写作中不断探索，在探索中逐渐认识自己……不怕痛，狠狠地挖出自己的心。"世人评价说，这是一本力透纸背、情透纸背的书。你在很多篇章里，毫无保留地反思和剖析着自己的灵魂，它使我们的灵魂不再沉浸于纸醉金迷，它穿越时空，让我们的良心驻足凡尘……

你成为 20 世纪的最后一个守望者，就是你让我们至少知道了什么是真诚和良心！

然而，你一定没想到这个年龄的人了，却必须一切重来，像教育孩子一样开始"教育"这个民族讲真话。事实也是如此，这个民族并不缺少所谓的鸿篇巨制，缺乏的却正是那些我们看起来微不足道的道理，比如讲真话，讲规则，要诚实，要善良。有人评价你的作品的社会性大于文学性，你也曾说，你的写作不是讲究什么技巧，而是把心交给读者。苦难能让人性复归，迷途中的人一旦觉醒，精神上的自责会陷入一场因清醒而出现的伤恸，最终转换成你重新追求精神自由的力量源泉。晚年的你已经不屑于文字辞藻的华美精致，你只"讲真话"。时间一定会洗去《随想录》的平凡外衣，你的一生，在《随想录》中凝固，更在《随想录》中升华。

我们现在差点要把你遗忘了，快节奏的生活让我们无暇谛视生命的美好，高强度的竞争让我们心灵没法作片刻憩息，城市的钢筋水泥占领了我们的精神家园，一层层防盗网封锁着彼此的信任和关怀，世界在战争、隔阂、讥讽、怀疑、嫉妒中无休止地争斗，我们也渐渐忘却了"文化大革命"那场给国家和民族造成巨大的灾难的历史。"巴金不如铂金，冰心不如点心"，在物欲横流的时代，已经没有多少人关注文学了。就在你逝世几天后的今天，各大书店积极筹备的你的作品专柜前依旧无人问津，而《超级女生》各类版本和《哈利·波特》的火爆销售则与之形成鲜明对比。

百年的巴金，百年的孤独，萧珊不在，好友不在。

有的人走了，带着遗憾和内心的惭愧；有的人走了，带着迷惘和未知的答案；有的人走了，带着清醒后的孤寂和无奈。你的一生，有人说留下了等身巨著和不朽的文学丰碑，有人说留下了一个人用生命观望中国一个世纪的沧桑感悟，有人说留下的是谎言世界中那点可怜的真实，也有人说留下了一部灵魂在苦难和自由中的挣扎史。

冰心先生代表了那个世纪温暖的爱，你就代表了那个世纪永恒的真，那是人类至善至美的宝库。当我们在长寐中昏睡时，月亮没有丢失，青天依旧高悬，因为有你这样的"社会良心"在为我们守护着。现在你走了，还有谁来接替你的守护岗位呢？

你活着的时候我好长时间不觉得你存在，听说你走的那一刻，我的心突然被揪起，又沉沦了下去。我已习惯在现状中麻木行走，因为有你和你一样的许多灯盏在照耀着我，突然这盏灯灭了，我感觉到眼前一片黑暗和茫然。

你曾说过"讲出了真话，我可以心安理得地离开人世了"，但是你真的能走得安心吗？

山上有个老骨叔

很高，那烟囱拔地而起，探入灰蒙蒙的天。

歇着时，掏出一瓶白干，老城白干。这爽口爽心的东西，从来没有离开过你。夜色从山南漫过来，渐渐地覆没了远方的城堞。不一会儿，那城堞内夜明灯亮了，越来越亮，像是城堞展起了一面发光的旗子，猎猎地舞动着。那是尘寰的生命的信息在招摇，白天喧嚣、夜晚喧嚣，万丈红尘，醉生梦死。

只有死亡最寂静。你拧开了又一瓶老城白干的盖子，咕噜噜地喝了一大口。眼睛开始发亮，你一喝酒眼睛就发亮，像冬天野地里最黑处的狼。心里腾起一种强悍的念头。女人怎么还没来。女人住在山下，女人嫌这里黑，嫌这里的阴气重。女人喜欢向阳，无论是白天还是黑夜，女人都渴望自己是一朵向阳花。可这时候还不见她的踪影。往日，总是在傍晚的时候女人就提上一篮子酒菜送上山来给她的男人。

你感到燥热，浑身上下像爬满了蚂蚁，靠在炉膛边的墙根上，独自歪歪地看着烟囱。从这里进去，从那里出去，谁也逃脱不了这最后的一段路。老城白干已剩下不多了，菜还没有上来。其实你心里想的不是菜，是那个又矮又黑的罗锅，那个女人！

你把风灯捻亮，趔趔趄趄地站了起来，弓着腰一步一步地朝炉膛走去。前几个小时，这里一片喧闹，先是追悼会，读的都是千篇一律的文字，然后是到场的人环绕一周，再看死者最后一眼。死亡对你来说是司空见惯的事，你就是死界的化妆师，将那些衣冠楚楚的人们、死要面子的人们最后打扮一回，让人们看上最后一眼，然后你打发他们上路。素衣裹体，人就这一刻最安静。灵魂憩息在躯体内，一动不动把僵硬的思想凝固起来，一切感知都没有了。这一阵，人是一件物，不侵扰谁，谁也侵扰不了他，任你个哭嚎恸天也无济于事，兀自这么一动不动，任凭你推着送进炉膛。

没有人知道你有多大，连你的女人也不知道。人们只知道有这个火葬场开始就有了你。

第一次见到你的人现在都老了，可你还是那时候的模样：高高的身材总像一把长弓，身上几乎没有肉，只有一层皮薄薄地贴在弓上，一对罗圈腿成天拐进拐出，但从不见你拐到山下来（你说在这里就知道山下的人世沧桑了），就是那满脸胡须不见多，也不见长，只是多了些灰白的颜色，裹着你清瘦的脸，却裹不住那总露在外面的牙齿。你很少说话，舌头像绑上一层绷带，咕噜半天不知你说些什么，从此，人们也懒得和你说话，你就越变越不爱说话。

你没有名字，连自己也不知道叫什么，城里知道你的人都称你"老骨叔"。

小孩子不听话，或犯了夜啼症，大人一说"老骨叔来了"，准灵，小孩就服服帖帖安静下来。

你靠近了炉膛，掀起了铁盖子，高温煤早已熄灭，炉膛里的一个躯体烧得只剩下炭疙瘩。你动作麻利地将这些疙瘩扫出来，放在一个铁盘子上，这盘子像医院里护士用的放针剂药物的盘子一样大小。你拿着锤子轻轻地将脑壳的炭骨敲碎，然后用手把小块的骨渣捻碎，捻成灰白的粉末，然后倒在绸布上，包好，再装入骨灰盒。

这活你一天得干上几次甚至十几次。

你可以从这些骨灰的软硬、颜色的不同中判断死者的年龄、性别和身体状况。我第一次见到你的时候是给孩子的外公送葬，你用手捻着一块炭化的骨头说着含糊不清的话，那时罗锅女人恰好在，就翻译说："这老人身体好着呢，如果不是脑出血或心脏病，活上八九十岁没问题。"

孩子的外公是死于脑出血的，那年 73 岁。死的那天他去看一位南下的山西老乡，那老乡先走了一步，他到灵前一站，对灵像鞠了一躬，脑子"轰"了一声就再没有起来，七天后从医院送到了山上。

我看着那灰白的炭骨，心里惨兮兮的。谁也逃脱不了这种下场，无论是杀人死囚，还是一世伟人，他们都将被你那粗糙的手捏成碎屑。

我开始羡慕那些得道高僧，烧化后还会留下一块骨烬，供人瞻望。相传释迦牟尼火葬后，有八国国王分取舍利，建塔供奉，其风沿袭。在离西安一百多公里处的法门寺，我看到地宫里安放着一千多年前的僧人留下的骨指舍利，光洁圆润，永不分化。

你继续用手把剩下的几块骨烬捻碎。没有什么比这更干净的了，几千度的高温火化，是一块铁也会在瞬间溶解。

你的手细细的，长长的，节瘤像铸锤一样粗糙，不规则地隆起在几个指关节上。但这只手却很有力量，每天都要捻去几个或十几个人的残余的灰烬。

罗锅女人还没有上山，你从来没有像今天这么想她来。你扒完了那个人的骨灰，扫清了炉膛，又倚在墙根边喝下了最后一口的老城白干。

渐渐地，你的眼睛又发出亮光来，像冬天野地里最黑处的狼。突然，你看到了那收拾好的骨灰盒里有一些亮物在走动，幽幽地无声地，使这处死人场有了一些活意。你的喉咙哽了一下，好像是一句话，或者是一首歌，但没有唱出来。

你见过多少荣辱成败的人物通过了灶膛。

死后的戏是唱给活人看的，这里面有多少悲悯？多少虚伪？多少庆幸？……但没有像今天最后一位死者的死这样牵动着你。死者是位89岁的老人，寿终正寝，前妻为他生下五个儿子，后来的妻子为他生下八个儿子。在殡馆前拥聚的人群中一半以上是他的嫡亲家属，儿孙满堂，环绕在他的遗体边。人太多了，以致为拍一张照片折腾了一个小时。

是个好命人，有福分。两个老婆！你幽幽地想，看着骨灰盒，里面的亮光好像又开始走动。你的喉咙又"咕噜"了一下。还有什么放心不下的。你想说又说不出来。老子就这么个婆子，还是个半拉子废物。可话也得说回来，她对我还好，多少年来每天就这么不停地上山送饭就够难为她了。我是她老公，可我这一辈子竟然还不知道她衣裳里面到底藏着啥模样的东西。我不能动她，这手不干净，她怕，谁都怕。当初就说好了，就给我找一个送饭的婆娘。可今儿见了鬼，特别想要有个儿子，只要一个。我老了、死了，也烧成这么一点，可我放心不下这个火葬场。偌大的火葬场会交给谁管理？他们每次烧完一个后都能这么认真地清扫炉膛吗？

你倚着墙根，静静地看着那炉膛，向上寻去，是一节又大又高的烟囱，无声地探向天空。烟魂一缕，奇异地从熄火的炉膛中窜出，飘然升上夜空，升上了无极的世界。

第二天一早，罗锅女人上山来，看到老骨叔倚在墙根上，怀里还抱着那半瓶老城白干，两眼直瞪着天空。

附录

寂静的空间

南 帆

　　相当长的一段时间里，哈雷逸出了我的视野。他似乎被世俗的洪流裹挟而去，不时传回一些收视率甚高同时又真伪莫辨的逸闻。主持一份报纸，转战一家杂志，驾驶一辆名牌轿车，购置江滨一套大房子，周旋于众多企业精英之中，穿梭在大小宴席之间，呼朋唤友，三教九流……总之，一副春风得意马蹄疾的形象。

　　意外的场面出现在月光下的一个露天晚会。诸多文人才俊相聚一座寺庙吟诗赏月。哈雷登台即兴朗诵了一首自己的诗《你的秋天》，嗓音清朗，姿势动人，眼神蒙眬："一整个秋天我什么都没有做／除了爱你……"那一刻我突然意识到，这个家伙还在自己的生活之中储存了葱茏的诗。读多了手机短信之中的"段子"，我已经对一本正经的抒情相当陌生。许多拿腔捏调的"文艺朗诵"时常令人毛骨悚然。然而，那天晚会上的哈雷的确被诗魇住了，率真而明亮："一整个秋天我什么都没有做／除了爱你……"

　　这一代人多半是从诗之中成长起来的。20 世纪 80 年代，诗曾经是他们之间的暗语。大大小小的诗社如同雨后的蘑菇盛开在各个角落。然而，炽烈的激情和水晶般的纯净如今已经过时。人们读股票，读 MBA 教案，读官场厚黑学，读各种小报上的八卦新闻，就是不读诗。一个务实的时期到来了，用黑格尔的话说，这是散文的时代。散文的时代平淡无奇，想象匮乏；人们身陷庸常的事务，散漫而芜杂，富足而安康。灵魂开始打瞌睡的时候，诗和文学就遵命去午休了。

哈雷在这个时代如鱼得水。然而，他仍然常常躲在一个角落里为文著诗。这是一种自得其乐的方式，还是生命深处的渴求？总之，永远会有一批人始终不渝地充当文学的走狗。富裕也罢，贫贱也罢，声名卓著也罢，默默无闻也罢，文学一旦附体就是一辈子甩不脱的情缘。不论哈雷有多少香车豪宅，文学的地位一如既往。

人们可能感到有趣：哈雷的散文常常竭力维持一个纯真的角落。这些散文短小、精致、优雅；一片往事的记忆、一则感悟、一个意境，如此等等。春之蝶舞，秋之静美，一枕清霜，飘零的雨，品茶之心，纯粹阅读，山中寂寞人……哈雷仿佛用文字的栅栏隔出自己的一块小天地。红尘滚滚，世态百象，一大批泼辣生猛、烟火气十足的散文应运而生：嬉笑怒骂，皆成文章，铜头铁臂，百无禁忌。相反，哈雷的散文仍然清朗剔透，宛若处子，甚至含有某种羞涩的品质。这与那个活络开朗、世故通达的哈雷形成了一个奇特的对照。或许，恰恰因为活络开朗、世故通达，哈雷必须给自己建造一个背对公众的独特空间。显然，这个空间隐在诗意之中。酒肉穿肠过，诗意心中留。诗意匮乏的日子浑浑噩噩，情何以堪？

情何以堪？伏案著文章。然而，如同人们觉察到的那样，哈雷的散文时常隐藏了诗的影子。某些澎湃的时刻，诗赫然现身："这时候想触动你/用眼前所有车轮不能到达的句子/却看不清你面上的表情。"这个时刻，哈雷的所有心情纷纷向一些美妙的句子收缩集结。必须承认，哈雷不再梦想用诗搭成一层一层的阶梯迈向文豪的宝座。他的诗没有庞大的象征体系，没有缥缈的天国或者阴森森的地狱，也没有宇宙本体和形而上学的观念；这些诗里的美人就是那些明眸皓齿的美人，而不是像屈原的《离骚》那样藏着什么深刻的隐喻。酒已经有了，美人已经有了，诗当然不可或缺。对酒当歌，人生几何？哈雷就是在这个意义上对待诗。诗不是超越于生活之上，而是穿插在日常活动之中。因此，与其说哈雷是一个仰望星空的诗人，不如说他的诗是见证自己的生活。苦恼，迷惘，感伤，忆念，悔恨，顿悟，当然还有许多许多的爱情，这一切都可以在哈雷的诗之中找到。诗的魔术是点铁成金，诸多生活片段正在凝固为一个又一个美学的瞬间，饱含悟性又浑然一体："时间在这一刻是凝固的／是一块未被分解的冰。"

现在，这些诗文已经到了结集成书的时刻。哈雷将生命的一部分用文字收集起来，托付给读者。远方会不会有另一些生命被这批文字叩响？这将是一个美妙的悬念。

诗意的散文呈现

——读哈雷的散文

刘登翰

　　哈雷写诗，从学生时代起就小有诗名。年轻时候那些浪漫多汁的爱情诗句，至今还常为朋友们提起。不过这十多年来，哈雷从文学刊物转来媒体工作，工作性质的改变与哈雷游弋其间的洒脱性格，提供了他广泛的社交天地和人脉资源，多少淡漠了人们对哈雷诗人身份的记忆。只是从小为这些多汁而有味的诗句哺养起来的哈雷，依然浪漫而潇洒，没有半点常人以为的那种一脸皱纹可供考古的"编辑相"。直到近两年，哈雷转来主持一家生活杂志的工作，在由报纸到刊物的节奏放缓中，有了较多时间刻意于自己的写作，我们才重新常常看到哈雷的名字。

　　从诗出发的哈雷，近年写得较多的是散文，虽然诗也未曾远他而去。最近留心读了他的一些篇章，突然感到这是一个我过去未曾认识（或者忽略了）的哈雷。在诗里，哈雷的抒情主人公是个快乐、多情、浪漫而潇洒的白马王子；在生活中，他的快乐和洒脱，朋友缘和女人缘，多少有他诗中的影子。然而读他的散文，虽然同样激情横溢，却更多地感受到他的敏知和多思。这是一个静思内敛的哈雷，不完全相同于诗中那个激情外射的哈雷。其实，这是一个作家的两面："热闹叹世界"的一面和"冷眼察人生"的一面。每个作家都应当具有这样的两面：在滚滚红尘中，既要投入，又能淡出；投入是为了更多去认识和参与这丰富的人生，淡出则为了静思这热闹人生背后的内蕴和真谛。哈雷在一篇谈阅读的随笔中说过，当他从世俗中收回自己的目光，落在书行的那一刻起，"心也轻轻落在纸上，轻缓地舒展开来"。他认为，"世俗之心需要清，需要静，需要修，也需要悟"，而阅读，会"使你心境之湖得以片刻的平息"。当然不只是休息，而是一种静思的检省。所以，"阅读的心是开阔的，人生许多困惑，许多悖论，许多一时说不清道不明、左右为难、进退失据之处——即人心幽暗之时，会一下子敞开许多的明白来。"因此，"阅读的心又是深邃悠远的。阅读带来的纷扬的思绪如天马行空，抚慰你的焦虑，缓解你的压力，启迪你的智慧。纯粹的阅读归根结底是通向理性，通向光明，通向真知，同时也能通向快乐，通向精神家园的一条通途。"（《纯粹阅读》）我不惜篇幅摘引了这么长长一段文字，不仅因为我十分赞同哈雷对阅读的理解，而且我以为，这也是作家对人生静思的态度。阅读的心境也是作家进入写作的心境。扰扰大千，芸芸众生，谁也不能置身其外；然而，心驰万象，神骛八极，人的精神却可以超越喧嚣的凡俗，走向澄明和深邃。这就需要清、静、修、悟。这是身和心的两种境界，参与和超越，"叹世界"和"察人生"的双重境界的辩证统一。哈雷对阅读心境的细微剖析，实际上也给自己一种诠释，呈现出了为热闹表象所遮掩的哈雷敏知多思的另一面：从诗到散文的另一个常被我们忽略了的哈雷。

　　作为一个作家，哈雷的散文有多种面貌，也有多副笔墨。感时、论世、写人、记事，各有不同。不过，我更喜欢的是那些被称为"心境散文"的随笔。在这些文章里，一个偶然的感触，或来自生活，或来自书本，像闪烁而过的一粒星火，骤然照亮了生命的某一个幽秘之处，将曾经拥有的人生经历和知识积累，全部诗意地汇集起来，使一个寻常的话题变得深邃。活跃的思绪，看似散漫，如水银泻地，随处流淌，却流光溢彩，浑然一个整体。可以看出，诗意仍是哈雷最终的追求，只不过在由诗到散文的文体形态变化中，诗意也从浪漫的感性走向睿智的知性，走向事象背后人性的发现和关怀。如《平常自然心》，俄罗斯风景画家列维坦在一次森林写生中，被眼前初升的太阳像金黄的颜料泼洒在崖壁上的景象惊呆了，不禁潸然泪下，一幅不朽杰作随之诞生。这一个与自然融为一体的伟大艺术家的灵魂，也让作家惊呆了，让他感到能被自然打动的人一定有一颗感恩自然和敬畏自然的心。由此他联想到自己在燠闷的五月雨后清晨的一次风中的温馨感受。大自然同样厚爱和恩惠于世上的每一个人，但为什么我们却常常疲于去感受这种爱和恩惠，或者随意去挥霍这种爱和恩惠？作者把这一设问放在俗世背景上，映照出人性缺失的一面："因为红尘纷扰，或是俗事的争斗，我们的心已落满了尘埃，我们的心变得粗粝，每天忙的是升官发财，求的是福禄寿喜。人的体力是用在功名海洋中纵横恣肆，体现价值；人的才智还常常用来谋算别人，张扬自己。你已经很少有机会去和自然交流，去倾听自然的声音……"由一则画坛逸闻，引申对人与自然关系的辨识，继而把这一辨识放在浊世的人生背景上，警醒地提出要有一颗能够降尊纡贵，感激上苍造化恩惠的感受自然、敬畏自然和感恩自然的"平常心"。所有这些，在作者缓缓的叙述，悠悠的联想，于清丽文字的行云流水中吐露出来，仿佛是一次心灵的倾谈和洗涤，平静中蕴藉着激情，淡雅里掩藏着深邃；有心灵感悟，也有人生哲理；既不脱凡俗，终极却在人性的发现、关怀与修补上。这是一种诗的精神，诗意的散文呈现。

哈雷有些散文也写人。在媒体工作，本来就有些人物需要宣传，不过哈雷的人物，不属于这种类型。他很少写叱咤风云的社会名流，关注的主要是底层（甚至是最底层）的芸芸众生：一个在火葬场守了几十年连自己的名字都没有，却看尽了人世沧桑的捡骨工——"老骨叔"；一个曾经是全村最水灵、"学历最高"的姑娘，却为一桩无奈的强迫婚姻成了精神错乱的"花痴"；一个把自己的生命融入陶土，并以之影响着另一个青春生命的制罐老人"瓮瓮"爷爷……然而就是这些草芥一般的人物，深深地撞击着作者的心灵。在这些看似小说却不是小说的篇章里，命运的坎坷曲折常常浸透在作者深深的记忆中，因而它们的讲述融入了作者许多人生感慨和识见。它们没有起落跌宕的情节，却在感情的波澜中迂回曲折。常常由一个静止的视点进入，却能统揽全局，透视作品主人公平淡而奇崛的生命的全过程。在深沉的往昔回忆中，常有一个青春的生命作为映衬，构成这些文章结构上和情绪上一种对称的张力。在《瓦罐与老人》中，作者描写光在瓦罐上打着孤旋的状态，这不是采自外界的光亮，而是瓦罐自身透出的亮。瓦罐挺出圆圆腰肚的憨厚拙朴与伟大包容，让人想起台湾诗人覃子豪那首著名的长诗《瓶之存在》。瓦罐是一部包容了民族辉煌和悲壮的历史，瓦罐粗糙浑厚的纹理中，映着老人脸上龟裂般的皱纹，透出一股倔强的生生不息的生命活力。这种强劲的生命力量传递给一个因父母关进"牛棚"而被家乡接纳来到老人身边的女孩。20年后一位成名的女雕塑家怀着寻梦般的感激情怀，重返故乡寻找当年的"瓮瓮爷爷"。两代人的生命和青春都在这个挺着圆圆肚子的瓦罐的混沌辉光中照出沉重、坚挚和灵逸："老人一生从家乡土地上吸取的精元之气都糅合进了瓦罐里，殚精竭虑地操作。那瓦罐闪射的釉光是老人的血气、精气和胆气！"归来的女雕塑家虽然没有立即扑进在她生命最黑暗的日子里给她以光明的老人怀里，大哭一场，但她承接下了老人来自土地的强大的生命力量。她的青春展开了另一种明媚。她没有带走瓦罐，只带走了一块瓷土。带走一块瓷土就是带走一种精神。尽管这块瓷土不再做成瓦罐而有了自己新的生命，但同样"生于土也将归于土"。瓦罐生生不息的精神和生命，将在后辈中延续着。作者诗意地讲述这段人生故事，侧重之点不在"故事"，而在"诗意"。写诗出身的哈雷，即使在讲述故事中，也不忘自己的"本业"——他用散文写诗。

后记

纯 粹 心 境

　　每天都在忙，忙有所得吧，但不知道收获什么才是自己真正想要得到的。一转眼又到了年关，盘点自己一年来的所为，可圈可点处越来越少了，活得越加感到惶惶了，现在谈起"天命"二字来，对其深文奥意倍感凝重。2008 年初接到海峡文艺出版社出书的邀请，我把近年来在刊物卷首等发表的一些文字收集起来，在字里行间，发现自己潜入生活之中的另一类的飞翔，是那么畅快、自由和明亮，这点让我赢得了些许安慰。我从报纸转向杂志的这些年来，开始理解新闻的文字和文学的文字竟然有偌大的区别——前者是通往社会世俗的，后者是通往感觉心灵的——就像一棵树，前者让你触摸到果实，后者则使你欣赏到花香，同样都让我感到快乐，但心境细微辨析的享受却各不相同。

　　有人说过这样一句话：感受生活的乐趣，有人用胃囊，有人用脑袋，有人用心灵。用脑袋太费心机，我实在感受不了这种快乐。我应该是属于胃囊和心灵都想扩张开来的那种。果实的享受是人类和鸡豚狗彘都共有的，我也无法逃避来自果实的诱惑；但我常常会被突然袭来的花香感动，会一整夜地流连在心灵的花园里，与自然、时间甚至梦境建立默契，去进行时空旷远的冥想，去充实独立个体的能量。海伦·凯勒曾解释过这样的感觉："我被带进了树木和花朵的秘密之中，直到我以爱的耳朵'听'到阳光在片片树叶上闪动。这证明了看不见事物的存在。"是的，就在这样的静夜里，我看到的是我在白天根本无法看到的事物，它出现在我的面前，触到我感官最敏感的部位，游弋在我的视境中，唤起我心底的柔情思绪，以灵锐细腻到达灵智上呼应相通的人生意境。

这本集子里大部分完成于午夜时分的短文是我暗夜里的翅膀，思想的羽翼在纯粹心境里飞翔。

当下社会，顾果实而不闻花香者相习成风，见怪不怪，心灵生活似乎还被视为怪诞无稽之事。在文学艺术的诸多门类里，离商业最远的当属散文和诗歌，写诗和散文者不是狷介之辈，必为清贫之流（当然也不乏流俗之徒，任何艺术都会被异化为商品）。这年头因为散文和诗歌而成为富甲一方的人我还没见到过。所以我认定在这里还留有一方净土——它适合诗意栖居，让心灵小憩。一提起笔来就掂量着能换回多少银两的创作心态一定是浮躁的，难能有上上之作。写散文和诗，忌虚火、祛除名利纠缠、底色是"淡"、着笔纯粹干净、力道蕴藉从容，只有这样才能成就华章。像我辈这般定力不强者，选择散文和诗的创作，实为一种趋避——避开尘俗的诱惑，避开生命的喧闹，避开市井的芜杂。散文让我的生活散漫，让我的内心安静，让我的精神轻盈飘逸了一些，更让我面对"天命"淡然处之，品味人生况味，领悟更为悠远的人生境界。

品散文如喝粥。尝了太多的山珍海味，一碗清粥会让你荡气回肠，清涤肠胃里的油腻，清爽舒适。大富大贵者，才真正懂得粥的滋味，喝出粥的精彩；大家大成者，着笔散文，脱俗通达，气韵盎然。如李叔同、丰子恺、汪曾祺等等，将散文打理得如此通透，首先是他们将人生看得如此通透。淡然，无影无形，才是大人生、大智慧。有一则轶事，说，一日早上弘一法师到他老友处吃早饭，只要一碗米饭，一杯白开水，一小碟腌萝卜。老友觉得这也太简单了，一边为他添菜，一边笑着问他："你不嫌腌萝卜咸，白开水淡？"弘一法师说："这咸有咸滋味，淡有淡味道。"丰子恺听说此事后感慨道："人生本如此，咸淡两由之。"在这些大师看来，淡不是平淡，是绚烂至极，是至美的人生境界。

淡，是一种醒悟和超脱，是我散文创作中心境追求的色彩，也是我这本散文集子里期望贯穿的基调。然而，我知道自己修为不足，笔力不及，无法从容自如，于恬淡简约间登临境界，感悟深邃高远的生命气象，文中不时还冒出烟火味和狷燥气，文字还显得急趋窘迫，旁逸斜出，有违读者经心在意的阅读，实在愧歉！

记得泰戈尔有句诗："天空不留下鸟的痕迹，但我已飞过。"年少时读这首诗，感觉到自由和快乐，还有一种过程的满足。生活不会留下我们曾经快乐的痕迹，出书的目的也不是为了留下快乐的痕迹，但只要我们飞翔过，快乐过，这就足够了。

在这本集子即将付梓之际，春又到来，那流年期盼中的美丽的愿望会像鲜花一般挂满生命的枝头。它们中会有许多花结出果实，也会有许多的花不结果，像玫瑰、康乃馨、君子兰等等，但它们都能够得到人们喜爱和欣赏的目光，它们拥有共同的阳光和雨露，它们所感受到的快乐和幸福一定是相同的！

图书在版编目（CIP）数据

纯粹飞翔/哈雷著. —福州:海峡文艺出版社，
2023.7
（"海岸线"美文典藏）
ISBN 978-7-5550-3381-3

Ⅰ.①纯… Ⅱ.①哈… Ⅲ.①散文集—中国
—当代 Ⅳ.①I267

中国国家版本馆 CIP 数据核字(2023)第 138806 号

纯粹飞翔

哈　雷　著
出 版 人　林　滨
责任编辑　林可莘
出版发行　海峡文艺出版社
经　　销　福建新华发行(集团)有限责任公司
社　　址　福州市东水路 76 号 14 层
发 行 部　0591－87536797
印　　刷　福州力人彩印有限公司
厂　　址　福州市晋安区新店镇健康村西庄 580 号 9 栋
开　　本　720 毫米×1010 毫米　1/16
字　　数　156 千字
印　　张　12
版　　次　2023 年 7 月第 1 版
印　　次　2023 年 7 月第 1 次印刷
书　　号　ISBN 978-7-5550-3381-3
定　　价　68.00 元